中國語言文字研究輯刊

八 編

許錟輝 主編

第3冊

金文四要素銘文考釋與研究（上）

葉正渤 著

花木蘭文化出版社

國家圖書館出版品預行編目資料

金文四要素銘文考釋與研究（上）／葉正渤 著 -- 初版 -- 新
北市：花木蘭文化出版社，2015〔民 104〕
目 2+142 面；21×29.7 公分
（中國語言文字研究輯刊 八編；第 3 冊）
ISBN 978-986-322-974-2（精裝）
1. 金文 2. 西周
802.08   103026712

ISBN-978-986-322-974-2

中國語言文字研究輯刊
八 編   第 三 冊   ISBN：978-986-322-974-2

金文四要素銘文考釋與研究（上）

作　　者　葉正渤
主　　編　許錟輝
總 編 輯　杜潔祥
副總編輯　楊嘉樂
編　　輯　許郁翎
出　　版　花木蘭文化出版社
社　　長　高小娟
聯絡地址　235 新北市中和區中安街七二號十三樓
　　　　　電話：02-2923-1455 ／傳眞：02-2923-1452
網　　址　http://www.huamulan.tw 信箱 hml 810518@gmail.com
印　　刷　普羅文化出版廣告事業
初　　版　2015 年 3 月
定　　價　八編 17 冊（精裝）　台幣 42,000 元
版權所有・請勿翻印

金文四要素銘文考釋與研究(上)

葉正渤　著

作者簡介

　　葉正渤，江蘇響水人，教授，文學碩士。1988 年 6 月陝西師範大學中文系漢語史專業碩士研究生畢業，獲文學碩士學位。畢業後赴雲南師範大學中文系任教，現爲江蘇師範大學文學院教授，漢語言文字學、中國古典文獻學專業研究生導師。主要從事古代漢語、中國古文字學、古漢語詞彙學和先秦兩漢文獻教學與研究。中國語言學會、古文字研究會、中國文字學會、江蘇省語言學會會員。國家社科基金項目通訊評審專家、成果鑒定專家，江蘇省社科優秀成果獎評審專家。主持國家社科基金項目一項、後期資助項目一項，教育部人文社科基金項目一項，江蘇省社科基金項目一項，江蘇省高校人文社科基金項目二項，江蘇省高校古籍整理研究項目二項。發表學術論文、譯文 90 餘篇，參加《中國書院辭典》編寫，出版《商周青銅器銘文簡論》（合著、第一作者）、《漢字部首學》、《漢字與中國古代文化》、《金文月相紀時法研究》、《上古漢語辭彙研究》、《葉玉森甲骨學論著整理與研究》、《金文標準器銘文綜合研究》，點校朱駿聲《尚書古注便讀》，以及本書《金文四要素銘文考釋與研究》。多次獲江蘇省哲學社會科學優秀成果獎、江蘇省高校社科優秀成果獎。

提　要

　　《金文四要素銘文考釋與研究》，是葉正渤教授運用古文字知識和對西周曆法研究的成果對四要素紀年銘文進行考釋和歷史斷代取得的成果，同時也是葉教授 2010 年度承擔的國家社科基金項目《金文曆朔研究》的部分前期研究成果。

　　金文四要素紀年銅器銘文，是指王年、月份、月相詞語和干支四項信息俱全的銅器銘文。共有 70 餘篇（異器同銘文者未重複計算在內），主要是西周時期的，2 篇是春秋時期的，其中西周時期的 3 篇銘文疑爲僞銘。

　　本書所做的研究工作包括兩大部分：首先是對這 70 餘篇銘文進行語言文字和歷史文化方面的隸定與考釋，這是本書研究的重點之一。其次是對這 70 餘篇銘文中所反映出來的曆法關係、銅器銘文所屬的王世和絕對歷史年代進行推定，這是本書研究的另一重要內容。推定這些銅器銘文所紀年月的曆朔，以學術界最有影響的比較科學的張培瑜《中國先秦史曆表》（簡稱張表）和董作賓《中國年曆簡譜》（簡稱董譜，含《西周年曆譜》）兩部曆法方面的專著作爲比勘驗證的標尺，復原這些紀年銅器銘文的絕對歷史年代和實際曆朔，探討它們所屬的王世。這項研究成果可以爲對所有的銅器銘文進行歷史斷代研究提供重要的參照座標。本書在以上兩方面都取得了預期的成果，尤其是對後者提出了許多獨到的經得起檢驗的成果和見解。

　　該書可作爲古文字學、歷史學、考古學、博物館學等專業和其他愛好者學習研究參考。

本書是國家哲學社會科學基金 2010 年度規劃項目「金文曆朔研究」部分前期研究成果。

項目批准號：10BYY051；結項證書號：20130383。

目次

上　冊

前　言 …………………………………………………… 1

第一章　西周四要素紀年銘文考釋（上）………………… 5

　第一節　成王時期 ……………………………………… 5
　　　　　（庚嬴鼎）

　第二節　康王時期 ……………………………………… 12
　　　　　（師遽簋蓋、小盂鼎）

　第三節　昭王時期 ……………………………………… 22
　　　　　（暫無）

第二章　西周四要素紀年銘文考釋（中）………………… 25

　第四節　穆王時期 ……………………………………… 25
　　　　　（師虎簋、曶鼎、吳方彝、趩觶、親簋、廿七
　　　　　年衛簋、斷盂、虎簋蓋）

　第五節　共王時期 ……………………………………… 61
　　　　　（伯呂盨、師酉鼎、五祀衛鼎、元年師旋簋、
　　　　　五年師旋簋、六年宰獸簋、齊生魯方彝、九年
　　　　　衛鼎、十五年趞曹鼎、休盤）

　第六節　懿王時期 ……………………………………… 97
　　　　　（師詢簋、師穎簋、三年衛盉、達盨蓋、四年㝬
　　　　　盨、散伯車父鼎、散季簋（盨）、史伯碩父鼎、
　　　　　十三年㝬壺、士山盤）

　第七節　孝王時期 ……………………………………… 130
　　　　　（走簋、無臭簋、望簋）

下 冊

第三章 西周四要素紀年銘文考釋（下）…………143

第八節 夷王時期…………………………143

（逆鐘、諫簋、牧簋、太師虘簋、大簋蓋、大鼎）

第九節 厲王時期………………………161

（師𤼈簋、元年師兌簋、三年師兌簋、師晨鼎、師嫠簋、伯克壺、此鼎此簋、𤔲比盨、番匊生壺、伊簋、袁盤、𤔲比攸鼎、大祝追鼎、晉侯穌編鐘、伯寬父盨、善夫山鼎、四十二年逨鼎、四十三年逨鼎）

第十節 宣王時期…………………………240

（叔專父盨、兮甲盤、虢季子白盤、克鐘、克鎛、克盨、趠鼎、吳虎鼎）

第十一節 幽王時期………………………267

（王臣簋、三年柞鐘、頌鼎）

第四章 春秋時期四要素紀年銘文考釋………281

第一節 春秋時期四要素紀年銘文考釋…………281

（蔡侯盤、蔡侯尊、晉公戈）

第二節 紀年銘文偽刻例析………………290

（靜方鼎、鮮簋、說盤）

參考文獻……………………………………299

附 錄……………………………………305

前　言

　　金文曆朔，是指金文中記載年月日和干支，尤其是用王年、月份、月相詞語和干支紀時的銅器銘文所反映出的曆法狀況。因此，金文曆朔研究，就是根據銅器銘文的紀年和紀時，尤其是運用金文月相詞語的研究成果復原金文曆朔的工作。這是金文月相詞語研究成果的進一步運用和延伸，也是運用最新科研成果對王年、月份、月相詞語和干支紀年銅器銘文的曆朔進行復原的一項基礎性研究。這項研究成果不僅對商周青銅器銘文的歷史斷代起到直接的作用，尤其對西周曆法學和年代學研究都將產生重大影響，屬於學科前沿研究，也是一項基礎性實證性研究。因此，具有重要的學術意義。從學科分類的角度來講，金文曆朔研究屬於古文字研究領域的一個重要方面。

　　金文曆朔研究所依據的材料，主要是紀時銅器銘文，尤其是銅器銘文中王年、月份、月相詞語和干支四要素齊全的銘文資料，輔以傳世文獻中有關周代諸王年代和諸王生平事跡的記載。有明確紀年的銅器銘文，是金文曆朔研究的第一手資料，因而也是最寶貴的資料。

　　四要素紀年銅器銘文，是指王年、月份、月相詞語和干支四項信息俱全的銅器銘文。共有 70 餘篇，主要是西周時期的，2 篇是春秋時期的，其中西周時期的 3 篇銘文疑為偽銘。對這 70 餘篇銘文進行語言文字方面的隸定和考釋是本書的研究重點之一。其次，對這 70 餘篇銘文中所反映出來的曆法關係和所屬王世的推定研究，是本書研究的另一重要內容。推定這些銅器銘文所

紀年月的曆朔，以學術界最有影響的比較科學的張培瑜《中國先秦史曆表》（簡稱張表）和董作賓《中國年曆簡譜》（簡稱董譜）兩部曆法方面的專著作爲比勘驗證的標尺，從而復原這些紀年銅器銘文的絕對年代（公元紀年）和曆朔，探討它們所屬的王世（相對年代）。這項研究可以爲對所有的銅器銘文進行歷史斷代研究提供重要的參照坐標。

爲達到以上的研究目標，作者已經做了一系列相關的研究，取得了可資參考的重要成果。

首先，本書作者曾結合文獻資料和西周金文尤其是作冊魝簋及晉侯穌編鐘等銘文研究認爲，西周金文月相詞語的含義和所指時間應當是：

初吉：月初見爲吉，太陰月的初一，也即朔日；既生霸：上弦月，初九；既望：圓月，十四日；既死霸：下弦月，二十三日；此外還有一個方死霸，二十四日。

很顯然，初吉和既望是根據月亮在天空的相對位置而命名的，既生霸和既死霸是根據月光的亮度變化而命名的。由於月光的亮度取決於月亮在天空的相對位置，也即月相的變化，所以在本質上它們都是月相詞語。

其次，筆者根據西周銅器銘文的王年記載和相關紀時，結合傳世文獻的有關記載，初步推定西周起年、西周諸王王年和西周積年。這就好比一個大的框架，有了這個框架，再根據若干銅器銘文的相關信息使之對號入座，各得其所。當然，這項工作說起來似乎很容易，其實具體做起來並不那麼簡單易行。因爲絕大多數銅器銘文所提供的信息很有限且不完備，這就增加了研究的難度。若干學人，諸如王國維、羅振玉、劉師培、吳其昌、郭沫若、陳夢家、容庚、唐蘭、董作賓、新城新藏、白川靜、林巳奈夫、劉啓益、李仲操、馬承源、朱鳳瀚、張榮民、王世民、陳公柔、張長壽、陳佩芬、彭裕商和「夏商周斷代工程」諸位專家等等，爲銅器銘文的歷史斷代研究所付出的心血就足以說明了這一點。

筆者初步考定西周起年、王年和積年如下：

（公元前 1093～公元前 771 年）

武王（前 1093 年／前 1093 年），滅殷後在位一年；

成王（前 1092 年／前 1056 年），在位三十七年（含周公攝政七年）；

康王（前 1055 年／前 1022 年），在位三十四年；

昭王（前 1021 年／前 1004 年），在位十八年；

穆王（前 1003 年／前 949 年），在位五十五年；

共王（前 948 年／前 929 年），在位二十年；

懿王（前 928 年／前 909 年），在位二十年；

孝王（前 908 年／前 894 年），在位十五年；

夷王（前 893 年／前 879 年），在位十五年；

厲王（前 878 年／前 828 年），在位三十七年，紀年是五十一年（含共和行政十四年）；

宣王（前 827 年／前 782 年），在位四十六年；

幽王（前 781 年／前 771 年），在位十一年。

西周積年：共 323 年。

為方便讀者查檢和對照，現將「夏商周斷代工程」階段成果所公佈的《夏商周年表》附於此。

夏　公元前 2070～1600 年；

商　公元前 1600～1300（盤庚遷殷）～1046 年；

周武王伐紂　公元前 1046 年；

武王　公元前 1046～1043 年；

成王　公元前 1042～1021 年；

康王　公元前 1020～996 年；

昭王　公元前 995～977 年；

穆王　公元前 976～922 年；

共王　公元前 922～900 年；

懿王　公元前 899～892 年；

孝王　公元前 891～886 年；

夷王　公元前 885～878 年；

厲王　公元前 877～841 年；

共和　公元前 841～828 年；

宣王　公元前 827～782 年；

幽王　公元前 781～771 年。

　　爲方便研究，同時也爲了便於讀者查檢閱讀參考，本書除了文字闡述以外，同時收錄四要素銘文齊全的銅器器形和銘文拓片影印件，目的是將器型紋飾與曆日記載結合起來進行斷代研究。爲節約版面，所收錄的器形和銘文影印件大小以看清器形紋飾線條和銘文字跡爲準。

　　此外，爲便於閱讀研究時查檢，特將我國傳統的六十干支表移錄於下。

1.甲子	11.甲戌	21.甲申	31.甲午	41.甲辰	51.甲寅
2.乙丑	12.乙亥	22.乙酉	32.乙未	42.乙巳	52.乙卯
3.丙寅	13.丙子	23.丙戌	33.丙申	43.丙午	53.丙辰
4.丁卯	14.丁丑	24.丁亥	34.丁酉	44.丁未	54.丁巳
5.戊辰	15.戊寅	25.戊子	35.戊戌	45.戊申	55.戊午
6.己巳	16.己卯	26.己丑	36.己亥	46.己酉	56.己未
7.庚午	17.庚辰	27.庚寅	37.庚子	47.庚戌	57.庚申
8.辛未	18.辛巳	28.辛卯	38.辛丑	48.辛亥	58.辛酉
9.壬申	19.壬午	29.壬辰	39.壬寅	49.壬子	59.壬戌
10.癸酉	20.癸未	30.癸巳	40.癸卯	50.癸丑	60.癸亥

　　本書是筆者所承擔的 2010 年度國家社科基金項目「金文曆朔研究」部分前期研究成果。

　　於此，特感謝國家哲學社會科學規劃辦公室給予的立項資助；感謝諸位不知姓名的通訊評審專家和會評專家的支持和幫助。同時，也感謝諸位成果鑒定專家的認可和指導意見。還要感謝江蘇師範大學圖書館資料庫建設中心以及特藏部的諸位老師幫助掃描大量的器形和銘文圖片。由於大家的幫助和支持，本課題才能如此之快的完成。

　　最後，感謝花木蘭文化出版社的熱心幫助與支持，使本書得以很快問世。

葉正渤　謹記

2014 年 5 月 18 日

第一章　西周四要素紀年銘文考釋（上）

金文四要素紀年銘文，是指王年、月份、月相詞語和干支四項信息俱全的銅器銘文，共有 70 餘篇。主要是西周時期的，2 篇是春秋時期的，其中 3 篇西周時期的銘文疑爲僞銘。首先對這 70 餘篇銘文進行考釋，疏通語言文字，釐清銅器銘文所記載的歷史文化信息，是推定這些紀年銘文的曆朔和所屬王世的前提。經過考釋和研究，進一步推定這些銅器銘文所記年月的曆朔，再以張培瑜《中國先秦史曆表》（簡稱張表）和董作賓《中國年曆簡譜》（簡稱董譜）兩部曆法名著作爲工具書進行比勘驗證，從而復原這些紀年銅器銘文的絕對年代（公元紀年）和曆朔，探討它們的相對年代，即所屬王世。這是本書所作的兩項重要研究內容。

第一節　成王時期

庚嬴鼎銘文

庚嬴鼎，斂口鼓腹，窄沿方唇，口沿上有一對立耳，圜底三柱足。口下飾雲雷紋填地的鳥紋帶，足上部飾獸面紋。鼎內鑄銘文 36 字，合文 1。

銘文

參考釋文

> 隹（唯）廿又二年三（四）月既望己酉，王客瑂宮，衣事。①丁子
> （巳），王蔑庚嬴歷，易（錫）鬵（祼）瓛（璋）、貝十朋。②對王
> 休，用乍（作）寶貞（鼎）。③

考釋

① 銘文「唯廿又二年四月既望己酉」，既望，月相詞語，太陰月的十四日，干支是己酉（干支序是46），則某王二十二年四月是丙申（33）朔。隹，《說文》：「鳥之短尾總名也。」本義指短尾鳥，甲骨刻辭和銅器銘文中一般讀作唯或惟，是含有提示和強調作用的語氣詞。既望，西周銅器銘文中特有的紀時用語，它是周人根據月相的變化而命名的，因此，後世稱爲月相詞語。西周銅器銘文裏常見的月相詞語依時間順序有：初吉、既生霸、既望和既死霸四個，方死霸僅見於晉侯穌編鐘銘文中。關於月相詞語的含義和所指時間，歷來眾說紛紜，對此筆者已作了專門研究。[1] 筆者對月相詞語所指時間的研究，結論是：初吉，太陰月的初一，即朔日；既生霸，霸指月光，既生霸指上弦月，初九；既望，指日月在西東地平線上遙遙相望的月相，太陰月的十四日；既死霸，指月光開始暗淡，幾乎照不清地上的人影，下弦月，二十三日；方死霸，方，讀作傍，依傍，指依傍既死霸之日，即二十四日。己酉，這是干支紀日。根據古代文獻來看，我國至少從夏代就開始有干支的使用了。《呂氏春

秋‧尊師》篇：「黃帝師大撓。」高誘注：「大撓作甲子。」銘文「唯廿又二年三（四）月既望己酉（46）」，這是說，四月既望這一天，干支正逢己酉（干支序是46），既望是十四日，則某王二十二年四月是丙申（33）朔。王，銘文指生王，或稱時王。客，或釋作館或裸。就銘文來說，有暫住的意思。琱宮，宮殿名。琱，《說文》：「治玉也。一曰石似玉。」讀作彫。衣，讀作殷，《禮記‧中庸》「壹戎衣」，鄭玄注：「齊人言殷如衣。」這是方言的不同而導致字的讀音差異。《說文》：「殷，作樂之盛稱殷。《易》曰：『殷薦之上帝』。」所以殷有盛大義。衣事，即殷祀，盛大的祭祀。武王時的朕簋（大豐簋）銘文：「王衣祀於王顯考文王」，「王衣祀」是其用例。

② 丁子，子讀作巳，這是董作賓根據甲骨卜辭釋讀出來的。丁巳（54），己酉後的第八天。蔑歷，或作蔑……歷，中間插入人名，本銘之庚嬴，即是人名。陳夢家釋庚嬴卣銘文曰：「作器者猶王姜、庚姜之例，都是已嫁的婦人，當是嬴姓之女而婚於庚者。」可見庚嬴乃是一女性，「其人當是公侯的妻氏」，庚嬴是為自己作器。[2] 西周銅器銘文中的「蔑歷」也是個很有爭議的語詞，郭沫若始認為具有勉勵、嘉獎之類的意思，現學界多從之。易，讀作錫，賜也，用於上對下。尋，上從畐，似酒尊，即金文福字的右側構件，下從廾（雙手），或讀作裸。唐蘭讀作副，謂女人首飾。[3] 從銘文來看，似與祭祀有關，故當釋作裸，《說文》：「灌祭也。」銘文用來修飾所賜之璋，表器之用，作名詞。䂮，從刅，章聲，讀作璋，《說文》：「剡上為圭，半圭為璋。」裸璋，祭祀時所用的一種玉器。貝，一種海介蟲的殼，《說文》：「海介蟲也。居陸名猋，在水名蜬。象形。古者貨貝而寶龜，周而有泉，至秦廢貝行錢。」商、周時期用為裝飾物，類似於後世的項璉，西周中後期始作為貨幣使用。十朋，數量詞，王國維《說玨朋》說五玉為一串，兩串為一朋。[4]

③ 對，答也。銘文和傳世文獻或作「對揚」，《尚書‧說命》「敢對揚天子之休命」。《爾雅‧釋言》：「對，遂也」。《疏》：「遂者，因事之辭」。《廣韻》「答也」。《增韻》「揚也」。休，在銅器銘文中常用義有二：一表示賞賜，二表示美好的意思。對王休，答謝王給予美好的賞賜。用，以也。《詩‧小雅》「謀夫孔多，是用不集」。引申之表示原因，因此、由此。乍，作字的初文，銘文中可讀為鑄。寶，寶有。貞，鼎字的異體。《說文》鼎字下曰：「籀文以鼎為貞字」，郭沫若《兩周金文辭大系圖錄考釋》庚嬴鼎條下曰：「可改云『金文以貞為鼎，卜辭以鼎為貞。』」其說是也，可見早在殷、周甲骨卜辭和銅器銘文中貞和鼎二字就已互訛互用。

王世與曆朔

本器學術界或以爲成王時器，或以爲康王時器，或以爲昭王時器，或以爲穆王時器，或以爲懿王時器，意見分歧較大，分歧的年代跨度也較大。彭裕商根據器形具有鳥文的特徵定本器爲穆王世，並說「另外，本器賞字的寫法也同穆王後期的鮮簋。」[5] 賞字的寫法同於穆王時的鮮簋銘文，筆者也注意到了。但是陳夢家根據鳥形紋飾定庚嬴鼎和庚嬴卣爲康王時器。大抵上鳥形紋飾屬於西周早期，也即穆王及其以前的銅器紋飾，這是不會有大錯的。

庚嬴鼎的型制與 1941 年淩源東南的喀喇沁左旗小城村洞上甲南溝屯出土的銅鼎完全一致，皆爲斂口鼓腹，窄沿方唇，口沿上有一對立耳，圓底三柱足。陳夢家說「其形制早於大盂鼎，當屬成王時期，有銘不詳。」參閱《西周銅器斷代》第 49 頁。與西周早期的大盂鼎亦頗爲相似，唯紋飾不同。所以，它們的製作時代也應該相近。學界定大盂鼎爲西周康王時器，則庚嬴鼎的時代也應與之相近或相同，故郭沫若定庚嬴鼎亦爲康王時器。參閱《大系考釋》。

銘文「唯廿又二年四月既望己酉」，既望是太陰月的十四日，干支是己酉（46），則某王二十二年四月是丙申（33）朔。銘文中的丁巳（54），是四月二十二日，非定點月相之日，故只用干支紀日，且在既望之後，既死霸之前，符合西周銅器銘文的紀時體例。[6]

由於西周諸王尤其是所謂共和以前的諸王在位的時間史籍無明確記載，因而有所謂共和以前只有王世而無王年的說法。筆者根據若干銅器銘文的紀時，結合《史記‧周本紀》等文獻的記述，經過研究，確定了厲王的在位年數是三十七年，但厲王紀年應包含共和行政十四年在內，共計是 51 年，從而推定厲王元年是公元前 878 年。[7] 厲王以前西周諸王之王年雖然也曾做過探討，形成了自己的看法，但不敢遽爲定論。[8] 有鑒於此，凡是涉及厲王以前銅器銘文的紀時，首先列吳其昌《金文曆朔疏證》中的說法（如果有的話），其次以目前通行的說法（指「夏商周斷代工程」階段成果的說法）西周諸王年代爲依據，再次以張培瑜《中國先秦史曆表》和董作賓《中國年曆簡譜》所列周代曆表和曆譜爲工具書進行比勘驗證。

成王說。目前通行的說法以前 1042 年爲成王元年，成王在位二十二年，則成王二十二年是前 1021 年。該年四月張表是丙子（13）朔，董譜同，丙子

（13）距庚嬴鼎銘文四月丙申（33）朔含當日相差二十一日，顯然不合曆。

康王說。通行的說法以前 1020 年爲康王元年，康王在位二十五年，則康王二十二年是前 999 年。該年四月張表是己巳（6）朔，錯月是己亥（36）朔，己亥（36）距銘文四月丙申（33）朔含當日相差四日，也不合曆。董譜是戊辰（5）朔，錯月是戊戌（35）朔，距丙申（33）含當日是三日，近是。從曆法的誤差概率來看，比勘的結果相差三日就不太可靠。

昭王說。通行的說法以前 995 年爲昭王元年，昭王在位十九年，容不下銘文所記二十二年。由此看來，與昭王時期的曆朔顯然不合。

穆王說。通行的說法以前 976 年爲穆王元年，穆王在位五十五年，則穆王二十二年是前 955 年。該年四月張表是癸丑（50）朔，董譜同，癸丑（50）距銘文四月丙申（33）朔含當日相差十八日，顯然不合曆。

共王，雖然學界無人說庚嬴鼎爲共王時器，但我們不妨也驗證一下看結果如何。通行的說法以前 922 年爲共王元年，共王在位二十三年，則共王二十二年是前 901 年。該年四月張表是己亥（36）朔，董譜同，己亥（36）距銘文四月丙申（33）朔含當日相差四日，顯然不合曆。比勘的結果含當日相差四日及以上就不可靠了，所以與共王時期的曆朔也不合。

懿王說。通行的說法以前 899 年爲懿王元年，懿王在位八年，不足二十二年，顯然不合懿王時期的曆朔。經過比勘，發現庚嬴鼎銘文所記曆日與通行的說法西周諸王之曆朔皆不合。

如果不考慮具體的王世，僅從西周早期所在的大致年代範圍的前 1100 年至前 1000 年這百年間來查檢比勘張表和董譜，則庚嬴鼎銘文所記曆日符合前 1071 年四月的曆朔。該年四月張表是丁酉（34）朔，銘文四月丙申（33）朔比曆表遲一日合曆。董譜閏三月是丙申朔，四月是丙寅（3）朔，也完全合曆。據此向前逆推二十二年（均含當年在內），則某王元年是前 1092 年。此年可定爲成王元年。

前 1040 年四月，張表和董譜皆是丙申（33）朔，完全合曆。據此向前逆推二十二年（均含當年在內）是前 1061 年，該年就是某王元年。這個年份與西周諸王王年不相合，故不取。

庚嬴還鑄有一件卣，銘文紀時要素不全，無王年。但是從銘文拓片來看，

庚嬴卣銘文的字跡具有顯著的西周早期銘文字體風格特徵，所以庚嬴鼎也應該是西周早期的。

庚嬴卣銘文「惟王十月既望，辰在己丑，王格於庚嬴宮……」既望是十四日，辰在己丑（26），則十月是丙子（13）朔。比勘曆表和曆譜，前1068年十月張表是丙午（43）朔，錯月是丙子（13）朔，錯月與庚嬴卣銘文合曆。董譜正是丙子（13）朔，完全合曆，則庚嬴卣銘文所記曆日符合成王二十五年十月的曆朔。

1963年出土於陝西寶雞賈村原公社賈村大隊成王時期的標準器何尊，銘文「在四月丙戌，……唯王五祀」。[9]本文推定成王元年是前1092年，則成王五年是前1088年，該年四月張表是乙亥（12）朔，董譜同，銘文丙戌（23）是四月十二日，不逢月相日，故只用干支紀日。又，卿方鼎銘文「唯四月，在成周。丙戌，王在京宗，賞貝」，所記曆日與何尊銘文是同一日。

《漢書·律曆志》：「成王三十年四月庚戌朔，十五日甲子哉生霸，故《顧命》曰：『惟四月哉生霸，王有疾，不豫。甲子，王乃洮沬水，作《顧命》。翌日乙丑，成王崩』。」《尚書·顧命》：「成王將崩，命召公、畢公率諸侯相康王，作《顧命》。」「惟四月，哉生魄，王不懌。甲子，王乃洮頮水。……

越翼日乙丑，王崩。……丁卯，命作冊度。越七日癸酉，伯相命士須材。」據《漢書·律曆志》四月是庚戌（47）朔。

　　成王三十年是前 1063 年，該年四月張表是庚辰（17）朔，董譜同，錯月是庚戌（47）朔，與《漢書·律曆志》所記同。十五日是甲子（1），十六日乙丑（2），成王崩。丁卯（4）十八日，命作冊度。越七日癸酉，二十四日，伯相命士須材。《顧命》所記曆日與曆表、曆譜完全吻合。可見含周公攝政七年在內，成王在位三十七年，完全可信。只有既符合《漢書·律曆志》（據《尚書·顧命》）的曆日記載，同時又符合庚嬴鼎銘文和何尊等銘文所記曆日，才能確定成王元年。而前 1092 年即符合以上相互制約的諸條件，因此定前 1092 年為成王元年。

　　又，排比庚嬴鼎銘文所記曆日與小盂鼎銘文所記曆日，發現並不相銜接，因此二器不屬於同一王世。根據小盂鼎銘文所記曆日推得康王元年應該是前 1055 年，據此上推至前 1092 年，正好是三十七年，與《通鑒外紀》：「成王在位三十年，通周公攝政三十七年」正合。所以，筆者推定前 1092 年為成王元年既有傳世文獻為根據，又符合出土文獻所記曆日，因此是可靠可信的。參閱康王時期銅器銘文曆朔研究相關文章。

參考文獻

〔1〕葉正渤：《月相和西周金文月相詞語研究》，《考古與文物》2002 年第 3 期；《金文月相紀時法研究》第 71～125 頁，學苑出版社 2005 年。

〔2〕陳夢家：《西周銅器斷代》第 98～100 頁，中華書局 2004 年。以下凡引陳夢家之說皆據該書相關銘文的論說。

〔3〕唐蘭：《西周青銅器銘文分代史徵》第 388 頁，中華書局 1986 年。以下凡引唐蘭之說皆據該書相關銘文的論說。

〔4〕王國維《說珏朋》，《觀堂集林》卷三第 161～163 頁，中華書局 1984 年。以下凡引王國維之說皆據《觀堂集林》相關文章。

〔5〕彭裕商：《西周青銅器年代綜合研究》第 335 頁，巴蜀書社 2003 年。以下凡引彭裕商之說未注明者皆據該書相關銘文的論說。

〔6〕葉正渤：《金文月相紀時法研究》第 43 頁，學苑出版社 2005 年。

〔7〕葉正渤：《屬王紀年銅器銘文及相關問題研究》，《古文字研究》第 26 輯，中華書局 2006 年；《從曆法的角度看逨鼎諸器及晉侯穌鐘的時代》，《史學月刊》2007 年第 12 期；《亦談晉侯穌編鐘銘文中的曆法關係及所屬時代》，《中原文物》2010 年第 5 期；《西周共和行政與所謂共和器的考察》，《紀念徐中舒先生誕辰 110 週

年學術研討會論文集》第 162 頁，巴蜀書社 2010 年；收入葉正渤《金文標準器銘文綜合研究》，線裝書局 2010 年。

〔8〕葉正渤：《金文月相紀時法研究》第 174 頁，學苑出版社 2005 年。

〔9〕葉正渤：《金文標準器銘文綜合研究》第 81～86 頁，線裝書局 2010 年。

第二節　康王時期

師遽簋蓋銘文

《隴右金石錄》1·3 云：「傳陝西岐山出土」。蓋面隆起，上有圈狀捉手，飾瓦紋。蓋內鑄銘文 7 行 56 字，合文 1。

銘文

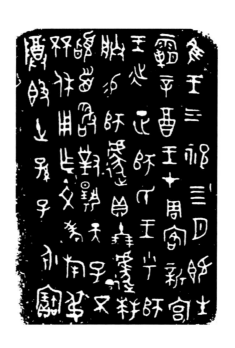

參考釋文

隹（唯）王三祀四月既生霸辛酉，王在周。①客（各）新宮，王延（誕）正師氏。②王乎（呼）師朕易（錫）師遽貝十朋。③遽拜稽首，敢對揚天子不（丕）杯（丕）休，用乍（作）文考旄弔（叔）隩（奠）毀（簋），世孫子永寶。④

考釋

① 唯王三祀四月既生霸辛酉，既生霸，月相詞語，太陰月的初九，干支是辛酉

（58），則某王三祀四月是癸丑（50）朔。周，朱駿聲在其《尚書古注便讀・洛誥》下注曰：「所謂成周，今洛陽東北二十里，其故城也。王城在今洛陽縣西北二十里，相距十八里。」又在《君陳》篇下按曰：「成周，在王城近郊五十里內。天子之國，五十里爲近郊，百里爲遠郊。今河南河南府洛陽縣東北二十里爲成周故城，西北二十里爲王城故城。」[1] 唐蘭也說，周指成王遷都雒邑而建的王城，成周則在王城以東十八里。可見在西周銅器銘文中，單言周，指位於雒邑西北二十里地的王城；成周，則是在雒邑東北二十里地，與王城相距約十八里。且成周往往與宗周相對，宗周指鎬京，武王所建，蒡京指豐京，文王所建。參閱郭沫若《兩周金文辭大系圖錄考釋》臣辰盉條。

② 新宮，王宮名，新建於周的宮室。就本篇銘文來說，疑是成王時所建，因而銘文所記曆日合於康王之世。郭沫若、陳夢家說是共王時新建於康宮裏的宮室，故將本器定於共王時。見《大系考釋》《西周銅器斷代》師湯父鼎、望簋銘文考釋。征，此字商代甲骨文中已有之，《殷墟書契後編》卷上第 9・13 片：「囗囗〔王〕卜，在庚，貞，王安於盂，征（後），往來亡〔災〕（災）。」參閱于省吾主編《甲骨文字詁林》第 2297 條。銅器銘文中也常見，學者解釋也不一，或釋作侍，或釋作誕（語詞），或釋作延。陳夢家說：「『延正』是動詞，《爾雅・釋詁》曰：『延，陳也』，延正師氏疑是校閱師氏之事。」[2] 本文以爲，征，從彳從止，當是後字，從彳或從行，戔聲。《說文》：「跡也。從彳戔聲。」段玉裁《說文解字注》注曰：「《豳風》『籩豆有踐』，箋云：『踐，行列皃。』按踐同後，故云行列皃。」行列皃，即行走的樣子。根據段注，征（後）是踐字的異體，甲骨卜辭和銘文有前往的意思。師氏，師，是職官名。陳夢家曰：「金文中『師』爲一大類官名，至少可以分爲：（1）樂師，如師嫠之師；（2）虎臣、師氏之長，如師瘨簋、師酉簋、詢簋；（3）出內王命，如太師小子師望鼎。」[3]

③ 師朕、師遽，皆是人名，擔任師之職。由銘文可知師朕當是西周王室之內臣，供職於朝廷，而師遽或是外臣。易，讀作錫，賜也。貝，海貝殼，西周時已用作貨幣。朋，玉和貝的數量單位。王國維《說玨朋》一文有詳細考證。[4]

④ 不、杯，讀做丕；丕，《說文》：「大也。從一，不聲。」休，賜也。本句銘文猶言感謝天子很大的賞賜。文考，《逸周書・諡法》篇：「經緯天地曰文，道德博厚曰文，學勤好問曰文，慈惠愛民曰文，愍民惠禮曰文，錫民爵位曰文。」可見，文是一種溢美之辭，非實指亡父或亡祖曰文某。旄叔，是師遽文考之名。隮，從阜（土崗）從奠，銘文讀作奠，祭也。此處作「簋」的修飾語，表器具之用途。陳夢家在其《西周銅器斷代》中多處指出說：「西周金文奠彝

多從阜旁，亦有僅作奠者。近壽縣出土蔡侯諸器有『奠缶』與『盥缶』之別，此奠字決非尊字。」（76／2004）又曰：「吳（大澂）、方（濬益）都讀奠爲尊，以爲尊即尊彝，成王奠爲成王之尊，則是錯誤的。」（95／2004，69成王方鼎）又曰：「『奠器』和最常見的『奠彝』不是尊彝而是奠祭時所用之器。」（81／2004）又曰：「晚殷周初的奠宜，亦見於卜辭。《說文》：『奠，置祭也……禮有奠祭。』《廣雅·釋詁》：『奠，薦也』，《禮記·祭統》：『舍奠於其廟』，注云：『非時而祭曰奠』；《郊特牲》：注云『奠謂薦熟食也』。卜辭金文奠作奠，或從阜。陸宜於王姜者致牛牲於王姜；《楚語下》曰：『子期祀平王，祀以牛，俎於王，王問於觀射父曰：祀牲何及？』注云：『致牛俎於昭王。』俎即胙，《說文》以爲『祭福肉』。」[5] 毀，從皀（像器皿中盛有糧食或飯食之形。《說文》：「谷之馨香也。象嘉穀在裏中之形。匕，所以扱之。或說皀，一粒也。」《說文》所謂「裏中之形」，實爲皿中之形；所謂匕，實乃器皿之底座形也。可見《說文》釋字，未可全據以爲信。）從殳，一種青銅容器，可以盛糧食、水果等，有蓋，後世用竹爲之，故小篆寫作簋。世孫子，猶言百世子孫。永寶，永遠寶有。

王世與曆朔

或以爲穆王時器，或以爲共王時器，或以爲懿王時器，或以爲孝王時器。吳其昌曰：「共王三年（前944年）四月大，丙午朔；既生霸十六日得辛酉。與曆譜合。餘王盡不可通。」於師遽方彝銘文「隹正月，既生霸丁酉」條下曰：「恭王二年（前945年）正月大，癸未朔；既生霸十五日得丁酉。與曆譜合。按：此器不銘年，本不可考。但與下師遽敦爲師遽一人所鑄，則必出於一年，或前後年可知矣。……下師遽敦既決定爲共王三年，餘王盡不可通；而此彝在其上年，又適與曆譜相符，是前後二器互相證明而益愨矣。」[6]

由於吳其昌不僅給出了具體的王世（共王），而且還給出了具體的年份（前944年），所以，可以用張表、董譜對吳說進行驗證。銘文「唯王三祀四月既生霸辛酉（58）」，既生霸是初九，則某王三年四月是癸丑（50）朔。前944年四月張表是己酉（46）朔，董譜同，己酉（46）距銘文四月癸丑（50）朔含當日相差五日，顯然不合曆。且吳說「共王三年（前944年）四月大，丙午（43）朔」，而張表、董譜皆是己酉（46）朔，丙午距己酉含當日是四日，所以，吳說本身就不合曆。

　　吳其昌說師遽同年或前後年內還鑄有一件師遽方彝。師遽方彝蓋及器體飾變形獸面紋，口沿下及圈足飾獸體變形紋飾，器身兩側置有較爲少見的上卷象鼻形雙耳。方彝有蓋，形如屋頂，蓋有中脊和坡脊，蓋頂有一個帽形柱。方彝器內有中壁，分隔成左右兩室，可放置兩種不同的酒，蓋的一側邊沿有兩個方形缺口，與器的兩室相通，可見本當有斗從此處挹酒，今斗已遺失。器和蓋內鑄有相同的銘文，器 6 行，蓋 8 行，各 67 字。師遽方彝銘文曰：「唯正月既生霸丁酉，王在周康寢，鄉醴（酒）。師遽蔑歷友。王乎（呼）宰利易（錫）師遽……」。銘文未記王年，只有月份、月相詞語和干支。正月既生霸丁酉（34），既生霸是初九，則某年正月是己丑（26）朔。

　　按照吳其昌的說法共王三年是前 944 年，則共王二年便是前 945 年。該年正月張表是丙戌（23）朔，董譜同，丙戌（23）距銘文正月己丑（26）含當日相差四日，不合曆，但近似。

　　吳其昌以爲曆日符合共王二年正月。從二年正月己丑（26）朔排比干支表，至師遽簋蓋銘文的三年四月，如果是癸丑（50）朔，那就說明兩器銘文所記曆日符合前後二年的曆朔。

王年	正月	二月	三月	四月	五月	六月	七月	八月	九月	十月	十一月	十二月
二年	己丑	己未	戊子	戊午	丁亥	丁巳	丁亥	丙辰	丙戌	乙卯	乙酉	甲寅
三年	甲申	甲寅	癸未	癸丑								

　　從二年正月到三年四月這十六個月中至少有兩個連大月，這樣，到三年四月就是癸丑（50）朔，說明師遽方彝和師遽簋蓋銘文所記曆日符合某王二年正月和三年四月的曆朔。本文推得康王元年是前 1055 年，康王三年就是前 1053 年，該年四月張表是壬午（19）朔，董譜同，錯月是壬子（49）朔，比銘文癸丑（50）朔遲一日合曆。而師遽方彝銘文「唯正月既生霸丁酉（34）」，既生霸是初九，則某年正月是己丑（26）朔，合於康王二年正月的曆朔。康王二年（前 1054 年）正月張表是己未（56）朔，董譜同，錯月是己丑（26）朔，與師遽方彝銘文所記曆日完全合曆。

　　根據師遽簋蓋銘文「唯王三祀四月既生霸辛酉，王在周。客（各）新宮」等內容來看，首先是紀年用祀不用年，這表明其時代應在西周早期或中期偏早。其次，「王在周，各新宮」，周，按照朱駿聲和唐蘭的說法，成周是在成王所建的雒邑東北二十里地，而周則是在雒邑西北二十里地的王城，兩處相距大約十

八里。表明新宮建成不久，其時代也應該在西周早期或中期偏早，不會晚於共王以後。所以，師遽簋蓋銘文所記曆日當是康王三年（前 1053 年）四月的曆朔，而師遽方彝銘文所記曆日符合康王二年（前 1054 年）正月的曆朔。

參考文獻

〔1〕朱駿聲撰、葉正渤點校：《尚書古注便讀》第 144、182 頁，臺灣花木蘭文化出版社 2013 年。

〔2〕陳夢家：《西周銅器斷代》第 161 頁，中華書局 2004 年。

〔3〕陳夢家：《西周銅器斷代》第 317 頁，中華書局 2004 年。

〔4〕王國維《說珏朋》，《觀堂集林》卷三第 161～163 頁，中華書局 1984 年。

〔5〕陳夢家：《西周銅器斷代》（一），《考古學報》第九冊第 154 頁，1955 年。

〔6〕吳其昌：《金文曆朔疏證》，《燕京學報》第六期，第 1047～1128 頁，1929 年。以下凡引吳其昌之說皆據該書相關銘文的論說。

小盂鼎銘文

據傳小盂鼎與大盂鼎於清道光初年同出土於陝西岐山縣禮村，同出三鼎，現僅存大盂鼎一件。現藏中國國家博物館。《攈古錄》：「器出陝西岐山縣，安徽宣城李文翰令岐山時得之。」王國維《觀堂別集補遺》：「此鼎與大盂鼎同出陝西郿縣禮村。」銘文共約 390 餘字。[1]

銘文

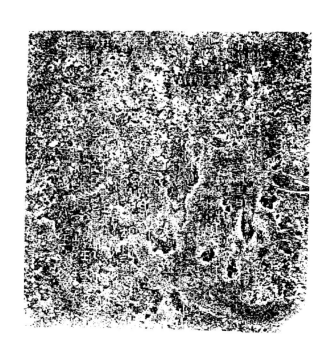

參考釋文

佳（唯）八月既朢，辰在〔甲申〕，杳（昧）喪（爽），三左三右、多君入服酉（酒）。①明，王各（格）周廟，□□□□賓，徔（延）邦賓奠其旅服，東鄉（向）。②盂以多旂佩鬼方，□□□□入〔南〕門，告曰：「王〔令〕盂以□□伐鬼方，□□□〔馘〕□□〔執〕□〔獸（酋）〕二人，只（獲）馘四千八百□十二馘，孚（俘）人萬三千八十一人，俘馬□□匹，俘車卅兩（輛），俘牛三百五十五牛，羊卅八羊。③盂或□□□□□□乎蔑我征，執嘼（酋）一人，俘馘二百卅七馘，俘人□□□人，俘馬百三匹，俘車百□兩（輛）。」④王□曰：「嘉」。盂拜稽首，〔以〕（酋）進，即大廷。⑤王令（命）榮□厥□□□（即）獸（酋）繇厥故（辜）。□趚白（伯）□□鬼閻，鬼閻彔（且）以新□從商，折（斬）首於□。〔王乎□□令盂〕以人馘入門，獻西旅，〔以〕□入寮（燎）周〔廟〕。⑥〔盂以〕□□□□□入三門，即立中廷，北鄉（向），盂告。費白即位，費伯〔告〕。⑦□□□於明伯、繼伯、□伯告，咸。盂以〔者〕諸侯侯田（甸）□□□□盂征〔告〕，咸。賓即〔位〕，獻賓。王乎獻，盂於以□□□進賓□□。大采，三周入服酉（酒），王各廟，祝徔。⑧□□□□□邦賓。不獻，□□用牲，啻（禘）周王、〔珷〕王、成王，□□祭王獻，獻邦賓。⑨王乎□□令盂「以區入，凡區以品。」雩（粵）若翊日乙酉，三事大夫入服酒，王格廟，獻王邦賓。⑩徔王命商（賞）盂□□、□覃、□弓一、矢百、畫奎虎一、貝冑一、金甶一、戚戈二、矢□八。⑪用作□伯寶隩（奠）彝。佳王廿又五祀。⑫

考釋

① 唯八月既朢，辰在〔甲申〕，既朢，十四日，所逢干支是甲申（21），則某王二十五祀八月是辛未（8）朔。杳，從日未聲，當讀作昧；喪，讀作爽，文獻作「昧爽」。《尚書・牧誓》：「時甲子昧爽」，孔（安國）傳：「昧爽，謂早旦也。」孔（穎達）疏：「昧亦晦義，故爲冥也。冥是夜，爽是明，謂早旦之時，蓋雞鳴後也。」《說文》：「晨，早昧爽也。」

　　三左三右、多君，陳夢家曰：「多君亦見殷卜辭，當指邦君諸侯。三左三右當指率領邦君諸侯的周室諸侯。《顧命》『大保率西方諸侯入應門左，畢公率東方諸侯入應門右』，是召公、畢公率左右兩班諸侯入門，與此銘三左三右相類。《顧命》的三左三右當指『大保奭、芮伯、彤伯，畢公、衛侯、毛公』，可以推測前三人以召公爲首率西方諸侯，後三人以畢公爲首率東方諸侯；前三人的封地在西，後三人的封地在東。」（106╱2004，小盂鼎）

　　入服酉，服，《說文》：「用也」。段注：「《關雎》箋曰：『服，事也』。」酉，酒字的初文，殷商甲骨文中已有此用法。馬承源曰：「入服酉，酉假爲酒。服事即事酒。《詩・周頌・噫嘻》『亦服爾耕』，鄭玄《箋》：『服，事也。』《周禮・天官冢宰・酒徵》『一曰事酒』，鄭玄《注》：『事酒，有事而飲也。』因獻俘而酌酒，也是事酒。」[2]

② 唐蘭曰：「周廟當在洛邑王城，周公作雒以後，新邑是周。成王遷都後，鎬京爲宗周，在西，成周則在周東。」[3] 朱駿聲在其《尚書古注便讀・洛誥》下注曰：「所謂成周，今洛陽東北二十里，其故城也。王城在今洛陽縣西北二十里，相距十八里。」又在《君陳》篇下按曰：「成周，在王城近郊五十里內。天子之國，五十里爲近郊，百里爲遠郊。今河南河南府洛陽縣東北二十里爲成周故城，西北二十里爲王城故城。」[4] 陳夢家曰：「服或是祭祀時服用之物，如此則服與西都是名詞。」又曰：「『賓延邦賓』，即儐者延引邦賓（多君），東向。此時王已入周廟，當在門外之東部，或即《顧命》之東序一類。」「凡此之賓皆指諸侯。」（106╱2004）旅服，唐蘭曰：「旅服指眾多的貢物。」

③ 盂，人名，作器者。鬼方，地名，也是方國名。王國維《鬼方昆夷玁狁考》謂在周之西北部，約當今甘肅、寧夏一帶。[5] 陳夢家曰：「殷代鬼方或在太行山之西的晉南地區，到了西周或已在陝西境內，所以才可以與北殷氏相勾結，如鼎銘以下所記。」（107╱2004）唐蘭曰：「盂所孚獲的共有三等：一是酋長，僅數人，其動詞爲執；二是左耳或首級，其數次於所俘之人，其動詞爲獲，所以《爾雅・釋詁》訓馘爲獲；三是人、馬、車、牛、羊，其動詞爲孚（即俘），《爾雅・釋詁》訓俘爲取，金文的『孚』兼指囚人與擄物。執、隻、俘三種動詞亦見於卜辭：執是生擒，隻是獲死者（包括田獵所得），俘是掠取。伐鬼方前後兩役，俘人一萬三千以上，獲耳五千以上，俘獲兩計近於兩萬人，可見戰事的激烈和用兵規模之大。」（182╱1986）獸，借作酋，鬼方之部落首領。

④ 三，四字的初文。兩，輛字的初文。

⑤ 嘉，善，美好之義。進，進獻。獸，讀若酋。

⑥ 尞，讀作燎，燒柴以祭天，殷商甲骨卜辭中已有此種祭禮。

⑦ 告，馬承源曰：「古人事死如事生，有大事必告於祖廟。《左傳‧桓公二年》：『凡公行，告於宗廟，反行，飲至、舍爵、策勳焉，禮也。』」

⑧ 大采，陳夢家曰：「此銘自十四行『大采』至十七行『凡區以品』，記大采之時王禘於周廟，並行祼賓之禮。」又曰：「大采之采僅存下部，它約當上午八時左右的時辰，詳《殷虛卜辭綜述》第七章第三節。」（111／2004）卜辭常以大采、小采紀時。《國語‧魯語》下：「天子大采朝日」，「日中考政」，「少采夕月」，「日入監九御」。可見大采、少采等於朝夕。三周，唐蘭曰：「三周指三周的代表人物。所說三周疑當指岐周、宗周、成周。岐周是文王以前直到文王初期的舊都，宗周是文、武時的周都，即豐、鎬，成周則是成王以後的新都。」（187／1986）祝，是負責祭祀的一種神職人員。《說文》：「祝，祭主贊詞者。」祉，此字在銘文中多見，意思也不同。本銘當讀作延，延請、導引。

⑨ 啻，讀作禘，大合祭。《說文》：「禘祭也。五年一禘。」邦賓，馬承源曰：「即參加獻俘典禮的諸侯。」

⑩ 雩（粵）若翊日乙酉，雩（粵），語詞。翊日，翌日，第二天，即乙酉日，甲申之次日。唐蘭曰：「此當即繹祭。《爾雅‧釋天》：『繹，又祭也，周曰繹，商曰肜，夏曰胙。』《公羊傳‧宣公八年》：『繹者何，祭之明日也。』」

⑪ 以上是周王賞賜給盂的弓矢、甲冑、兵器等物。馬承源曰：「金文中賞賜弓矢的有三類。一是封建諸侯賜矢的，……第二類是王臣有重大戰功告廟後的隆厚賞賜，……小盂鼎銘載所賜弓矢，屬於這一類。……第三類是和戰功無關的，……這是助王行射禮的賞賜，屬於另一種性質。」

⑫ 祀，《爾雅‧釋天》：「載，歲也。夏曰歲，商曰祀，周曰年，唐虞曰載。」從甲骨卜辭來看，殷商中晚期形成五種周祭制度，從殷之始祖上甲微開始祭起，一祀六十日，一年六祀，循環往復。從銅器銘文來看，周初沿用商制，因稱年曰祀。本器一般稱為二十五祀盂鼎，或小盂鼎。陳夢家曰：「銘末『隹王廿又五祀』，舊釋如此。昔日在昆明審羅氏影印拓本，似應作卅。本銘『卅八羊』之卅，直立兩筆距離與此略等。」（112／2004）據嚴一萍《金文總集》第704頁拓片看，似是卅又五祀。

王世與曆朔

　　王國維以為是文王時器，但大多數學者以為是康王時器。吳其昌曰：「康

王二十五年（前 1054 年）八月小，癸未朔。所缺口口乃甲申也。初吉二日得甲申，既望乃初吉之誤也。又：是鼎前人皆云成王器，今考正實康王器。」[6]吳其昌認爲銘文「唯八月既望，辰在甲申（21）」，既望是初吉之誤，其說可參。或以爲昭王三十五年時器，或以爲穆王時器。銘文「盅（禘）周王〔琘〕王成王」，所祭先王只到成王，所以，時王應是成王之子康王，該器可作爲康王時期的標準器。[7]對以上諸說，理應加以驗證。但是，由於西周諸王，尤其是所謂共和以前的諸王在位的時間不明確，故而有所謂共和以前只有王世而無王年的說法。有鑒於此，對涉及厲王以前銅器銘文的紀時進行比勘驗證時，一般以目前通行的說法西周諸王年代爲據，以張培瑜《中國先秦史曆表》和董作賓《中國年曆簡譜》爲比勘驗證的工具。[8]

由於吳其昌明確給出了他認爲的周康王二十五年的具體年份，即前 1054年，所以，首先來驗證一下吳其昌的說法，看結果如何。

銘文「唯八月既望，辰在甲申（21）……唯王廿又五祀」，既望是十四日，則康王二十五年八月是辛未（8）朔。前 1054 年八月，張表是乙酉（22）朔，董譜同。乙酉（22）距銘文八月辛未（8）含當日相差十五日，顯然不合曆。吳其昌認爲銘文既望是初吉之誤，則八月應該是甲申（21）朔，張表是乙酉（22）朔，董譜同，銘文比曆表遲一日合曆，則康王元年就是前 1078 年。雖然銘文誤記月相詞語或誤記干支的例子的確存在，但是，根據數器共元年的原理，吳其昌說康王元年是前 1078 年，但比勘康王時期的其他銘文記載的曆日，發現並不銜接，說明吳說只是偶然合曆而已，康王元年並不是前 1078 年。參閱下文。

目前通行的說法以前 1020 年爲康王元年，康王二十五年就是前 996 年，該年八月張表是己卯（16）朔，董譜同，己卯（16）距銘文八月辛未（8）朔含當日是九日，顯然不合曆。即使如吳其昌所說既望是初吉之誤，則爲甲申（21）朔，己卯（16）距甲申含當日也有六日之差，顯然也不合曆。

不合曆並不說明小盂鼎銘文所記曆日就不是康王二十五年的曆朔，而是因爲康王在位究竟是多少年？康王元年又是何年？至今我們都還無法確定。根據銘文所記曆日比勘張表和董譜，從昭王元年的前 1016 年至前 1100 年約百年間符合八月辛未（8）朔或近似的年份有：

前 1031 年八月，張表是壬申（9）朔，董譜同，壬申比辛未（8）早一日，

合曆，則康王元年就是前 1055 年，至前 1022 年，康王在位是三十四年。

前 1036 年八月，張表是辛丑（38）朔，錯月是辛未（8）朔，合曆。董譜閏七月是辛丑朔，八月是辛未朔，完全合曆，則康王元年是前 1060 年。

前 1067 年八月，張表是辛未（8）朔，董譜同，完全合曆，則某王元年是前 1091 年。

前 1098 年八月，張表是辛未（8）朔，與銘文八月曆朔合。董譜是辛丑（38）朔，錯月相合，則某王元年是前 1122 年。若此，則某王元年的年份已超出劉歆《三統曆》所推武王克商的年代，恐不可據。[9]

本文結合傳世文獻的記載和成王時期銅器銘文的紀時，經過綜合考察，確定小盂鼎銘文所記曆日符合康王二十五祀（前 1031 年）八月的曆朔。康王元年是前 1055 年，康王在位三十四年。

與小盂鼎密切相關的還有一件大盂鼎。大盂鼎銘文中的盂，一般認為是周文王第十子冉季載之孫，本篇銘文中的盂和大盂鼎銘中的盂當是一人，因兩器同出土於陝西郿縣禮村。銘文：「唯九月，王在宗周，令盂……唯王廿又三祀。」本銘「唯八月既望，辰在甲申，昧喪（爽），三左三右多君入服酉（酒）……唯王廿又五祀。」可見兩器銘文的紀時體例完全相同，皆屬於西周早期的紀時體例，可見大盂鼎與小盂鼎當同屬於康王之世。

另有一件庚嬴鼎，說者或以為康王時器。銘文「唯廿又二年四月既望己酉（46）」，既望是十四日，則某王二十二年四月是丙申（33）朔。筆者根據日差法經過演算和排比干支表，發現從庚嬴鼎銘文之二十二年四月丙申（33）朔至二十五年八月辛未（8）朔，曆日並不銜接，可見二器不屬於同一王世。

由於康王時期的紀年銅器銘文較少，所以，要確定康王元年是何年，一方面要結合康王時期其他銅器銘文的紀時，同時還要結合成王時期的相關銅器銘文所記曆日進行考察。

康王時期的標準器還有兩件，其一是作冊大鼎，銘文「公來鑄武王、成王翼鼎，唯三月既生霸己丑……」，銘文無王年記載。既生霸是初九，干支是己丑（26），則某年三月是辛巳（18）朔。

其二是宜侯夨簋，銘文「唯四月，辰在丁未，王省武王成王伐商圖，誕省東國圖……」，銘文既無王年，又無月相詞語，所以很難驗證。銘文「唯四月，辰在丁未」，只是說四月丁未這一日王省視了武王、成王伐商圖，又省視

了東國圖。所以，這兩件標準器銘文的紀時對考訂康王元年的具體年代不起作用。

最後的結論，小盂鼎銘文所記曆日符合康王二十五祀（前 1031 年）八月的曆朔。康王元年是前 1055 年，康王在位三十四年。

參考文獻

〔1〕陳夢家：《西周銅器斷代》第 104～113 頁，中華書局 2004 年。

〔2〕馬承源：《商周青銅器銘文選》，文物出版社 1988 年。以下凡引馬承源之說未注明者皆據該書相關銘文的論說。

〔3〕唐蘭：《西周青銅器銘文分代史徵》第 182 頁，中華書局 1986 年。

〔4〕朱駿聲撰、葉正渤點校：《尚書古注便讀》第 144、182 頁，花木蘭文化出版社 2013 年。

〔5〕王國維：《觀堂集林》卷六第 263 頁，中華書局 1984 年。

〔6〕吳其昌：《金文曆朔疏證》，《燕京學報》第六期，第 1047～1128 頁，1929 年。

〔7〕葉正渤：《金文標準器銘文綜合研究》第 104～110 頁，線裝書局 2010 年。

〔8〕夏商周斷代工程專家組：《夏商周斷代工程 1996~2000 年階段成果概要》，《文物》2000 年第 12 期；張培瑜：《中國先秦史曆表》，齊魯書社 1987 年；董作賓：《西周年曆譜》，《董作賓先生全集甲編》第一冊第 265～328 頁，臺北藝文印書館 1978 年。

〔9〕董作賓：《西周年曆譜》，《董作賓先生全集甲編》第一冊第 265 頁，臺北藝文印書館 1978 年；董作賓：《中國年曆簡譜》，臺北藝文印書館 1991 年。

第三節 昭王時期

雖然吳其昌和董作賓根據師艅簋銘文中有「王在周康宮」之語，定師艅簋為昭王時器。很顯然，這是受唐蘭關於康宮乃康王之廟說法的影響，因為康王之後是昭王繼位。其實，康宮為康王之廟的說法早就受到郭沫若等人的懷疑和否定。從銘文字體風格來看，師艅簋銘文亦不似昭王時期如過伯簋等器銘文那種結構鬆散筆力遒勁的風格特點，倒像西周中期的；從所賞賜的品物來看，同樣不似西周早期所常用。所以，定其為昭王元年是欠妥的。這樣一來，昭王時期暫時就沒有四要素齊全的紀年銅器銘文。

儘管昭王時期暫時沒有四要素齊全的銅器銘文，但是，傳世文獻有關昭王在位的年數還是透露出一些信息的。古本《竹書紀年》：「周昭王十九年，

天大曀，雉兔皆震，喪六師於漢。」「周昭王末年，夜清，五色光貫紫微。其年，王南巡不返。」《史記‧周本紀》：「昭王南巡狩不返，卒於江上。其卒不赴告，諱之也。」昭王死而不赴告諸侯，是因爲昭王之死屬於非正常死亡，故不赴告，這是爲了避諱。

今本《竹書紀年》：「十九年春，有星孛於紫微。」《呂氏春秋‧音初篇》：「周昭王將親征荊蠻，辛餘靡長且多力，爲王右。還反及漢，梁敗，王及祭公隕於漢中。辛餘靡振王北濟，反振祭公，周乃侯之於西翟。」又，「天大曀，雉兔皆震，喪六師於漢。」《初學紀》七引《紀年》：「周昭王十九年，天大曀，雉兔皆震，喪六師於漢。」說明昭王陟於十九年。可見，昭王在位最多只有十九年。

本文據穆王時期銅器銘文逆推得昭王元年爲前 1021 年。這樣一來，傳世文獻記載昭王十九年就與穆王元年相重合，這就意味穆王於昭王死之當年就即位並改元。這對穆王元年器銘文的紀時又難以解釋，師虎簋銘文「唯元年六月既望甲戌」，則穆王早在六月之前就已即位並改元。此說雖缺乏文獻依據，但於事實則極有可能。這就是說，昭王在位不足十九年，實際只有十八年零幾個月。董作賓《中國年曆簡譜》所列昭王王年就只有十八年。董作賓也懷疑昭王崩之年穆王就即位，董作賓說：「《太平御覽》八百七十四引『昭王末年，王南巡不返』。似是昭王自十六年伐楚，至十九年喪六師，苦戰三年，死於漢水，穆王聞訊即位。故可能穆王元年即昭王崩年，以昭王元年計之，故《竹書》有『十九年喪六師於漢之說。』」[1] 當年改元之說缺乏文獻資料作佐證，不可遽信，但於西周銅器銘文則極有可能。昭王元年是前 1021 年，因爲有穆王和共王時期的十幾件銅器銘文所記曆日的制約，足以說明這些數據是可信可靠的。

參考文獻

〔1〕董作賓：《中國年曆簡譜》第 72～74 頁，臺北藝文印書館 1991 年。

第二章　西周四要素紀年銘文考釋（中）

第四節　穆王時期

師虎簋銘文

　　失蓋，又失耳上之環。體較寬，弇口鼓腹，獸首耳，矮圈足向外撇。通體飾瓦溝紋。內底鑄銘文 121 字，重文 3。

銘文

參考釋文

隹（唯）元年六月既朢甲戌，王在杜应（居），徦（格）於大室，丼白內右（佑）師虎即立中廷，北鄉（向）。①王乎（呼）內史吳曰：「冊令（命）虎」。②王若曰：「虎，戴（載）先王既令（命）乃且（祖）考事，啻（嫡）官司左右戲鯀荊。③今余隹（唯）帥丼（型）先王令（命），令女（汝）更（賡）乃祖考，啻（嫡）官司左右戲鯀荊，苟（敬）夙夜勿灋（廢）朕令。④易（錫）女（汝）赤舄。用事。」⑤虎敢拜稽首，對揚天子不丕魯休，用作朕列考日庚隩（奠）殷（簋）。子=孫=其永寶用。⑥

考釋

① 唯元年六月既朢甲戌（11），既望，月相詞語，太陰月的十四日，則某王元年六月是辛酉（58）朔。杜，地名，位於西鄭。陳夢家曰：「《漢書・地理志》京兆有杜縣，《秦本紀》正義引《括地志》云『下杜故城在雍州長安縣東南九里，古杜伯國，華州鄭縣也。』」[1] 下杜，或即穆王時期標準器長由盉銘文中的下減。吳鎮烽說：「陝西鳳翔縣北有棫山，《山海經・西山經》稱爲榆次之山，其下有減水（即雍水）。減应是建造在減水旁的周王駐蹕的行宮。」[2] 应，從广立聲，讀若廙，《說文》「行屋也。」行屋，就是後世帝王的行宮。应，一般隸作居。杜居，位於杜地的行屋。也見於穆王時期的標準器長由盉銘文。[3] 徦，從彳各聲，讀作格，至也，入也。《爾雅・釋詁上》：「格，至也。」大室，或作太室、天室，原指天上星宿布列的位置，後指山名，即太室山，在河南省登封縣。《逸周書・度邑》：「王曰：『旦，予克致天之明命，定天保，依天室。』」《史記・周本紀》：「王曰：『定天保，依天室，悉求夫惡，貶從殷王受。』」所以，西周宗廟、明堂中央最大的一間稱大室，如前文銘文中的康宮、新宮等宮殿中央的一間廳室，是周天子頒佈政事或舉行祭祀的地方。

丼，讀作邢，或說是成王初封之諸侯國名，姬姓，即今河北邢臺是其故地。《史記・項羽本紀》：「趙相張耳素賢，又從入關，故立耳爲常山王，王趙地，都襄國。」張守節《史記正義》：「《括地志》云邢州城本漢襄國縣，秦置三十六郡，於此置信都縣，屬鉅鹿郡，項羽改曰襄國，立張耳爲常山王，理信郡。《地理志》云故邢侯國也。《帝王世紀》云邢侯爲紂三公，以忠諫被誅。《史記》云周武王封周公旦之子爲邢侯。《左傳》云：『凡、蔣、邢、茅，周公之胤也。』」[4] 據《帝王世紀》則邢侯受封乃在殷世而非周初。丼白，即

邢伯，人名。

內，通入。右，讀作佑，即儐佑、儐相，古時替主人接引賓客和贊禮之人。師虎，師，職官名，《周禮・天官・序官》：「甸師下士二人。」鄭注：「師，猶長也。」虎是人名，擔任師之職。即，《說文》：「就也」。中廷，中庭。王國維《觀堂集林》卷三《明堂廟寢通考》有詳細的考證。鄉，本義是相向、相對，讀作向；北鄉，北向。古代君主面南而坐，臣子面北而立，君為陽，臣為陰，取陽尊陰卑之義。

② 內史，職官名，即作冊內史，負責策命諸侯卿大夫及爵祿的廢置。據銅器銘文來看，西周時的內史或史的地位是相當高的，約相當於封建時代的尚書令、中書舍人、大學士之類，是職掌樞要之官。吳，人名，擔任內史之職。冊命，即策命，用於任命、賞賜、誥誡等事。

③ 「王若曰」以下是周王冊命的內容。戢，陳夢家曰：「此命書『虎』後一字從食哉聲，義為始或昔，《爾雅・釋詁》曰『初、哉……始也』，經傳或作載。」又曰：「由《卯設》之例，則知時間詞的『載』—『昔』—『今』是三層的：載早於昔，昔早於今。」先王，前王，一般指已故之君王。既，已也。乃，代詞，你的。祖考，祖父，亡父曰考。

啻，銘文讀作嫡，繼承。嗣，讀作嗣，亦繼也。戲，「《說文》：『三軍之偏也。』」陳夢家曰：「戲是大軍之旗麾。」繁荊，陳夢家曰：「郭沫若謂即《左傳・哀廿三》之『旃繁』，杜預注云『繁，馬飾繁纓也』。《東京賦》曰『龍旗而繁纓』，《七啟》曰『飾玉路之繁纓』，是繁纓與旗相屬，《周禮・巾車》曰『王之五路：一曰玉路，錫樊纓十有再就，建大常十又二斿』，是樊纓與旌旗皆車上相屬之物。荊，《說文》以為『楚木』，《漢書・郊祀志》『以牡書幡』注云『作幡柄也』，荊猶竿也。是左右戲、繁、荊應分讀為大麾繁纓與旗竿。由此可見師虎所官是掌王之旌旗。」郭沫若在《大系考釋》中說：「官司左右戲繁荊，謂管理兩偏之馬政也。」其說簡單明瞭，可從。

④ 余，周王自稱。帥，通率；井，讀作型；帥型，猶言效法。更，通賡，續也。敬，虔敬。夙夜，早晚。勿，表示禁止、勸阻的否定副詞。灋，法字的初文，此處讀作廢，棄也。

⑤ 易，讀作錫，賜也。赤，紅色；舃，鞋子。用事，用心於王室之事。

⑥ 敢，謙敬副詞。拜頜（稽）首，即後世的拜手稽首，拜時頭著地曰稽首，拜四拜。覲，讀作揚；對，答也；對揚，答揚，表示感謝的客套語。不，讀作丕，大也；不，亦大也。魯休，美好的賞賜。剌，讀作烈，烈考，威烈之亡父。日庚，名曰庚的亡父考廟號。障，一般隸作尊，聞一多、陳夢家皆釋作奠，祭也。

段，簋字的初文，一種盛糧食或食物的青銅容器。

王世與曆朔

王國維曰：「案：宣王元年六月丁巳朔，十八日得甲戌。是十八日可謂之既望也。」[5] 吳其昌也曰：「宣王元年六月小，丁巳朔；既望十八日得甲戌。與曆譜密合。」[6] 郭沫若《大系考釋》定師虎簋爲共王時器，其他學者或以爲是共王時器，或以爲是懿王時器，或以爲是孝王時器。根據曆表和曆譜分別驗證一下，看結果如何。

宣王說。銘文「唯元年六月既望甲戌（11）」，既望，月相詞語，太陰月的十四日，則某王元年六月是辛酉（58）朔。王國維和吳其昌以爲合宣王元年六月的曆朔，宣王元年是前 827 年，該年六月張表是戊午（55）朔，董譜是己未（56）朔，距銘文六月辛酉（58）朔，含當日有三四日的差距，恐不可信。

共王元年說。陳夢家說：「此器佑者是井伯而作於王之元年，今以爲當在共王元年。其字體緊湊，近於穆王諸者。井伯見於穆王與共王七年器，則此佑者井伯宜在元年。此器之內史吳與吳方彝之作冊吳當是一人，後者作於王之『二祀』，字體亦與此器相近。共王元二年之間，作冊與內史互用，至此以後作冊廢而但稱內史。」[7]

共王元年的確切年份至今尚不明確，目前通行的說法定前 922 年爲共王元年。該年六月張表是庚子（37）朔，董譜同，庚子（37）距銘文六月辛酉（58）朔含當日有二十二日之差，顯然不合曆。這種情況有三種可能，或者師虎簋銘文所記曆日不是共王元年六月的曆朔，或者共王元年不是前 922 年，或者兩者都不是。說者或以爲共王元年爲公元前 951 年，該年六月張表是戊子（25）朔，董譜同，錯月則是戊午（55）朔。即使錯月戊午（55）朔，與銘文六月辛酉（58）朔含當日也有四日之差，看來也不合曆。

懿王元年說。懿王元年的確切年份同樣至今尚未明確，目前通行的說法定前 899 年爲懿王元年。該年六月張表是丙辰（53）朔，董譜是丁巳（54）朔，距銘文六月辛酉（58）朔含當日相距五六日，顯然也不合曆。

孝王元年說。孝王元年的確切年份至今也尚未明確，目前通行的說法定前 891 年爲孝王元年。該年六月張表是庚子（37）朔，董譜同，庚子（37）距銘文六月辛酉（58）朔含當日有二十二日之差，顯然不合曆。

　　筆者曾從曆法的角度以爲師虎簋銘文所記曆日合於穆王元年六月的曆朔，穆王元年爲前 1003 年。該年六月張表是庚寅（27）朔，錯月是庚申（57）朔，銘文六月辛酉（58）朔比庚申早一日合曆。董譜是庚申（57）朔，銘文早一日合曆。[8]

　　如果單純從銘文所記曆日的角度來考察，師虎簋銘文所記曆日可以說完全符合幽王元年六月的曆朔。幽王元年是前 781 年，該年六月張表是壬戌（59）朔，董譜正是辛酉（58）朔，完全合曆。但是，從銘文內容方面來看，人物與史實不符，陳夢家論之已詳。從器型紋飾等方面來看亦不符合幽王之世的特徵。陳夢家說：「此器的紋飾是全部瓦紋，環耳，由於前器（指利鼎）瓦紋與顧龍並存於一器，可見此等全部瓦紋在共王時尚流行。」[9] 所以，陳夢家將師虎簋列於共王之世。簋身飾瓦紋和顧龍狀或見於穆王世，也是穆王時器的特徵之一。

　　再從師虎簋銘文的字形、字體和篇章來看，完全符合穆王時期銘文的特徵。字形方面，師虎簋銘文的字形與穆王時期的標準器長由盉、刺鼎、遹簋、呂方鼎和靜簋等銘文中的某些字的寫法完全相同或極相近。如隹字，且大多數不帶口。「六月」二字同於遹簋銘文，隩（奠）字同於長由盉，毁（簋）字同於靜簋等，宀字頭皆作方形，如出一手。字體方面，更是具有穆王時期金文的顯著特徵，秀氣、規矩、嚴謹，不似共王時期那麼鬆散。篇章方面，橫豎成行，嚴謹，一絲不苟，都是按照寫前規劃好的，每行字數基本相同相等。

　　1996 年 8 月陝西商洛地區丹鳳縣出土的西周虎簋蓋，銘文中有人物虎以及虎的父考廟號日庚，於是學界有人認爲兩器中的虎當是同一個人，只是任職有先後，虎爲初次任職，師虎則已爲師，時間應在後。但虎初任職時是某王三十年四月，而虎爲師以後則是某王元年六月，遂將兩器分別置於先後兩個不同的王世（共王和懿王）。所以，將兩器銘文結合起來進行考察就很有必要。考察研究的基本結論是，虎簋蓋銘文中的虎與師虎簋銘文中的虎不是同一個人，只是同名；父考廟號相同，但其含義不同，銘文所記曆日都是穆王時期的曆朔。詳見《虎簋蓋銘文》一節。

　　本文據伯呂盨、五祀衛鼎、九年衛鼎等器銘文的曆朔推得共王元年是前 948 年，穆王元年是前 1003 年。穆王時期的靜簋銘文「唯六月初吉，王在旁京。丁卯，王令靜司射學宮，小子及服及小臣及尸僕學射。雰八月初吉庚寅，

王……」，根據銘文穆王元年（前 1003 年）六月是辛酉（58）朔，丁卯（4）是初七，張表是初六，董譜是初七，非月相之日，故只用干支紀日。八月張表是己丑（26）朔，比銘文八月初吉庚寅（27）遲一日合曆。董譜八月是己未（56）朔，錯月是己丑（26），比銘文八月庚寅（27）朔遲一日合曆。由此證明穆王元年就是前 1003 年，靜簋銘文所記是穆王元年事。

穆王時的標準器長由盉銘文「唯三月初吉丁亥，穆王在下減……」，穆王二年是前 1002 年，三月張表是丙戌（23）朔，董譜同，比銘文三月丁亥（24）朔遲一日合曆，證明長由盉銘文所記曆日符合穆王二年三月的曆朔。

綜上所論，師虎簋銘文所記曆日應該是穆王元年即前 1003 年六月的曆朔，虎簋蓋銘文所記則是穆王三十年即前 964 年四月的曆朔。

參考文獻

〔1〕陳夢家：《西周銅器斷代》第 149 頁，中華書局 2004 年。

〔2〕吳鎮烽：《懋尊、懋卣考釋》，復旦大學出土文獻與古文字研究中心網站 2014 年6 月 16 日。

〔3〕葉正渤：《金文標準器銘文綜合研究》第 132 頁，線裝書局 2010 年。

〔4〕司馬遷：《史記‧項羽本紀》第 318 頁注〔十四〕，中華書局點校本 1985 年。以下凡引《史記》皆據該書。

〔5〕王國維：《生霸死霸考》，《觀堂集林》卷一第 21 頁，中華書局 1984 年。

〔6〕吳其昌：《金文曆朔疏證》，《燕京學報》第六期，第 1047～1128 頁，1929 年。

〔7〕陳夢家：《西周銅器斷代》第 151 頁，中華書局 2004 年。

〔8〕葉正渤：《金文月相紀時法研究》第 180、221 頁，學苑出版社 2005 年。

〔9〕陳夢家：《西周銅器斷代》第 151 頁，中華書局 2004 年。

曶鼎銘文

曶鼎，據《積古齋鐘鼎彝器款識》卷四，原爲清畢沅得之於西安。款足作牛首形。據推測這件鼎應當是在周原地區出土的，鼎後來毀於兵火。該鼎內腹鑄銘文，銘文僅有拓本流傳於世，共 24 行，底邊殘泐不清，現存 380 個字。銘文共有三段。[1]

銘文

參考釋文

隹（唯）王元年六月既望乙亥，王才（在）周穆王大〔室〕。①〔王〕
若曰：「舀，令（命）女（汝）更乃且（祖）考嗣（司）卜事，易
（錫）女（汝）赤🔲（雍）〔市〕、鑾（鑾）〔旂〕。用事。」②王才
（在）䢼应（居），丼（邢）弔（叔）易（錫）舀赤金一鈞（鈞）。③
舀受休〔令於〕王。④舀用茲金乍（作）朕文孝（考）弃白（伯）𤉲
牛鼎。⑤舀其萬〔年〕用祀，子=孫=其永寶。

隹（唯）王四月既眚（生）霸，辰在丁酉，丼（邢）弔（叔）在䢼
（異、冀）為🔲。⑥〔舀〕吏（使）�掌（厥）小子酙以限訟於丼（邢）
弔（叔）：「我既賣（鬻）女（汝）五〔夫，效〕父用匹馬束絲。⑦
限話（許）曰：『䤪則卑（俾）我賞（償）馬，效〔父則〕卑（俾）
復�掌（厥）絲〔束〕。』⑧䤪、效父迺（乃）話（許）䥁曰：『於王
參門🔲🔲木枋，用䯧（賃）延（侍）賞（鬻）絲（茲）五夫，用百
寽（鋝），非出五夫〔則又〕䱝（鞠）。迺（乃）䤪又話（許）眔趄
（贖）金。』」⑨丼叔曰：「才（載）王人迺（乃）鬻，用🔲不逆付
舀，母（毋）卑（俾）式於䤪。」舀剷（則）拜頴首，受茲五〔夫〕，

曰陪、曰恒、曰耦、曰龘、曰眚，吏（使）乎，以告舓。廼（乃）卑（俾）〔鬻〕。以舀酉（酒）伋（及）羊，絲三乎（縷），用致（致）茲人。⑩舀廼（乃）每（謀）於舓〔曰〕：「〔汝其〕舍戠矢五拱（束）。」⑪曰：「弋（必）尚（當）卑（俾）處𢏤（厥）邑，田〔𢏤〕（厥）田。」⑫舓勳（則）卑（俾）口復令（命）曰：「若（諾）！」

昔饉歲，匡眾𢏤（厥）臣廿夫寇舀禾十秭，以匡季告東宮。⑬東宮廼（乃）曰：「求乃人，乃（如）弗得，女（汝）匡罰大。」⑭匡廼（乃）頴首於舀，用五田，用眾一夫曰嗌，用臣曰疐、〔曰〕朏、曰奠，曰：「用茲四夫，頴首。」⑮曰：「余無卣（攸）具寇，正口。不〔出〕，鞭余。」⑯舀或（又）以匡季告東宮，舀曰：「弋（必）唯朕〔禾是〕賞（償）。」⑰東宮廼（乃）曰：「賞（償）舀禾十秭，遺（遺）十秭，為廿秭。⑱乃（如）來歲弗賞（償），則付卌秭。」⑲廼（乃）或（又）即舀，用田二，又臣〔一夫〕。曰口，凡用即舀田七田，人五夫。舀覓匡卅秭。⑳

考釋

① 唯王元年六月既望乙亥（12），既望，月相詞語，太陰月的十四日，則某王元年六月是壬戌（59）朔。周穆王大室，陳夢家研究指出：「宮與廟是有分別的。宮、寢、室、家是生人所住的地方，廟、宗、宗室等是人們設為先祖鬼神之位的地方。」（36／2004）據此，周穆王大室就是穆王住的地方。那麼，「王若曰」之王就是穆王，而不是穆王之子共王。銘文既稱王名——周穆王，又稱王，就是同一個人，即穆王，且穆王是生稱而非死諡。

② 王字本缺，據文義補。若，這樣。舀，或隸作㗱，《說文》：「㗱，出氣詞也。從曰，象氣出形。《春秋傳》曰：『鄭太子㗱。』」銘文是作器者人名。更，讀作賡，《說文》：「古文續。從庚貝。」段注：「許謂會意字。故從庚貝會意。庚貝者，貝更叠相聯屬也。《唐韻》以下皆謂形聲字，從貝，庚聲，故當皆行反也。不知此字果從貝，庚聲，許必入之貝部或庚部矣。……《毛詩》『西有長庚』，傳曰：『庚，續也』。此正謂庚與賡同義。庚有續義，故古文續字取以會意也。仞會意為形聲，其瞀亂有如此者。」乃，你的。且（祖）考，亡祖父。司，職掌，主管。卜事，太卜之事。太卜，下大夫，掌陰陽卜筮之法。卜筮蓍龜，以助天子決疑，觀國家之吉凶。《周禮·春官·宗伯》：「大卜掌三

兆之法（玉兆、瓦兆、原兆）……掌三易之法（連山、歸藏、周易）……掌三夢之法（致夢、觭夢、咸陟）。……以八命者贊三兆、三易、三夢之占，以觀國家之吉凶，以詔救政。」

　　𡩋，像兩宮室（半地穴）相連形，讀作雍，赤𡩋（雍），當指紅色蔽飾。〔巿〕，讀作韍，祭服的蔽飾。漢代及以前的古人下裳沒有褲襠，於是就用一幅巾也即韍遮擋住面前的中縫，用來遮羞，即天子冕服或後世皇帝龍袍面前的那塊裝飾布。䌺，從二系從言，讀作鸞；鸞旂，繡有鸞鳥等吉祥物的旗幟。《漢書・賈捐之傳》：「鸞旗在前，屬車在後。」顏師古注：「鸞旗，編以羽毛，列繫橦旁，載於車上，大駕出，則陳於道而先行。」用事，用於職事。

③ 𡎐応（居），地名。𡎐，從辵，字書所無，讀作異，通冀，地名。丼，讀作邢；弔，金文讀作叔；邢叔，人名。根據下文邢叔賜給舀赤金來看，邢叔當是舀的上司。郭沫若說，康鼎銘文裏的康即舀鼎銘文裏的丼叔。易，讀作錫，賜也。赤金，紅銅。𨮩，從林從鈞，讀作鈞，古代重量單位。《說文》：「三十斤也。從金勻聲。銞，古文鈞從旬。」此從林聲，異體。

④ 休，美也，善也。令，讀作命。休命，美好的冊命。

⑤ 孝，讀作考；文考，舀亡父的美謚。宄伯，舀的亡父名，或隸作宂伯。鼒（shāng）牛鼎，大鼎。

⑥ 唯王四月既眚（生）霸，即既生霸，月相詞語，太陰月的初九。辰在丁酉（34），日辰在丁酉（34），則次年四月是己丑（26）朔。𡎐，字書所無，或曰讀作異，通冀，地名。

⑦ 吏，讀作使。氒，讀作厥，同其。小子，職官名，西周金文中一般指同宗的晚輩。黌，小子之名，字書所無。以，因、用。限，郭沫若以爲是人名，陳夢家以爲是質，即長券。根據下文，限當是人名，郭沫若說是也。訟，訴訟。限訟於邢叔，意爲向邢叔告狀。賣，從買出，或讀作鬻，賣、交換。五夫，當指五個奴隸。效父，人名。匹馬束絲，一匹馬一束絲。就是說，五個奴隸的價值相當於一匹馬一束絲。

⑧ 詬，從言缶聲，字書所無，或曰讀作許，應允、許諾。舚，從二古文舌字，字書所無，據語法關係和文義也當是人名。

⑨ 廼，同乃，作連詞，於是。𧵑，從貝從隹攴，字書所無，銘文是人名。王參門，王廷之三重門。木枋，書券之版牘，即所謂的短券。或曰枋，讀作榜，即牓笞也。賸，讀作賃，租賃。延，或讀作侍，或讀作誕，語詞。賣，讀作鬻，賣也。絲，讀作茲，此、這。五夫，五個奴隸。百寽（鋝），古代金屬的重量單位，約合六又三分之二兩，或曰相當於後世的銅餅（塊）。詹，根據文義當讀作鞫，審

訊、審問。趄，從走豈聲，字書所無，銘文讀作贖，趄金，贖金。

⑩ 曰陪、曰恒、曰耦、曰鑫、曰眚，五夫人名。乎，讀作縷，絲的數量單位。臸，讀作致，送詣也。茲人，即五夫。

⑪ 每，讀作誨，謀、謀劃，猶言商量。舍，捨棄，猶言給付。黤，人名，字書所無。矢五拱，弓矢五束。

⑫ 弋，讀作必。尚，讀作當。卑，讀作俾，使也。處，居處。辱（厥）邑，其邑。

⑬ 昔饉歲，過去荒年時。匡，人名。眾，眾人。寇，盜也，搶劫、搶奪。秭，《儀禮‧聘禮》「四秉曰莒，十莒曰稷，十稷曰秅，四百秉為一秅。」《說文》：「五稷為秭，二秭為秅。」故秭為半秅，當二百秉。「秉者，把也，謂刈禾盈一把也，」鄭玄說解最確。東宮，謂太子也。以匡季告東宮，舀向東宮控告匡季。

⑭ 求，猶言追查。乃人，指昔日寇舀禾秭的那幾個人。乃，讀作如，假如。罰大，猶言重罰你匡。

⑮ 頡首，叩首至地，這是匡向舀致歉之禮。用眾，眾可能指普通奴隸。夫，奴隸的單位名。嗌，眾之人名。用臣，臣可能指奴隸頭目。疐、胐、奠，與眾合稱為四夫，皆是人名。

⑯ 無卣（攸），卣讀作攸，無攸，無所。具寇，猶言交出昔日寇舀禾秭之人。鞭余，鞭打我，余指匡。鞭笞，在古代屬於一種刑罰，五刑之一。又見倏舜銘文。

⑰ 或，又也。弋，讀作必，必字從弋得聲。賞，讀作償，賠償。

⑱ 賣，從彳貴聲，當讀作遺（wèi），通饋，贈送，銘文猶言加倍賠償。

⑲ 乃，義同如，表假設。卅秭，四十秭。

⑳ 覓，《廣韻》：「求也。」《孟子‧公孫丑》：「勿求於心。」注：「求者，取也」。卅秭，三十秭。這是舀從匡處實際獲得的禾數。

王世與曆朔

或以為穆王時器，或以為共王時器，或以為懿王時器，或以為孝王時器，意見分歧頗大。

吳其昌曰：「幽王元年（前 781 年）六月小，庚申朔；既望十六日得乙亥。與曆譜密合。……佳王四月既生霸，辰在丁酉。按：幽王二年（前 780 年）四月小，乙酉朔；既生霸十三日得丁酉。與曆譜合。」又曰：「按：此器共分三節，第一節記六月，第二節記四月，是明記二年之事。第一節記上年六月，第二節記下年四月，以次相及也。」[2]

下面驗證吳其昌之說，看結果如何。

幽王元年是前 781 年，該年六月張表正是壬戌（59）朔，與銘文六月壬戌（59）朔完全吻合。董譜是辛酉（58）朔，比壬戌（59）朔遲一日相合。但是，這僅僅是從曆日記載的角度來比勘的。從銘文中舀與匡這兩個人物來考察，不應是幽王時期的人物。

郭沫若認爲：「銘分三段，均非一時事。首段與次段尤不得在一年，以六月既望有乙亥，則同年四月不得有丁酉。或謂四月與六月之間有閏。然古曆均於年終置閏，《春秋》時猶然，此說殊不足信。余以爲次段乃第二年事，元年年終有閏，則翌年四月之既生霸即可以有丁酉。此乃孝王時器。第一段有『穆王大室』，知必在穆王後。第二段有孝父當即孝父簋之孝父，第三段有匡，當即懿王時匡卣之匡也。第二段中自『我既賞』起至『罘趆金』止均斸訟限之辭。于省吾認爲：『此銘分三段，一段因賜金作鼎，二三段皆紀訟獄之詞，二段不可盡解，而三段最爲奇古，乃一有機趣之文字也』。」[3] 郭沫若的論述已揭示舀鼎銘文的紀時不正常。

本人初以爲是懿王時器。[4] 舀鼎銘文開頭言「唯王元年六月既望乙亥，王在周穆王大〔室〕。」周穆王大室，一般認爲是供奉穆王神主和祭祀穆王的場所，說明此時穆王已故，此器之鑄必在穆王之後。但是，比勘其他諸王相關年月的曆朔皆不合。古本今本《竹書紀年》皆曰「穆王元年，築祇宮於南鄭。」根據下文當是西鄭之誤。周穆王大室或即位於祇宮之內。陳夢家指出：「宮與廟是有分別的。宮、寢、室、家是生人所住的地方，廟、宗、宗室等是人們設爲先祖鬼神之位的地方。」（36／2004）據此，則周穆王大室就是穆王住的地方，銘文「唯王元年六月既望乙亥，王在周穆王大〔室〕」之王，皆是穆王，穆王是生稱。

銘文「昔饉歲，匡眾厥臣廿夫，寇舀禾十秭，以匡季告東宮」，匡這個重要人物，多數學者認爲可能與懿王時期匡卣銘文之匡是同一個人。如是，則舀鼎屬於懿王時器。

舀鼎銘文兩處所記的時間是，「唯王元年六月既望乙亥（12）」，既望是十四，則某王元年六月是壬戌（59）朔；「四月既生霸辰在丁酉」，既生霸是初九，日辰所逢干支是丁酉（34），則次年四月是己丑（26）朔。符合銘文元年

六月壬戌（59）朔，次年四月己丑（26）朔的條件，在這期間至少有一個閏月，兩次三個連大月，否則次年四月得不到己丑朔。根據干支表，正常情況下（指大小月相間）次年四月應該是丁亥（24）朔。

下面再以目前通行的說法所定西周諸王年代驗證以上諸王之說，看結果如何。[5]

穆王時說。通行的說法以前 976 年爲穆王元年，該年六月張表是甲寅（51）朔，甲寅距銘文六月壬戌（59）朔含當日相差九日，顯然不合曆。董譜是癸未（20）朔，錯月是癸丑（50）朔，癸丑距壬戌（59）含當日相差十日，可見亦不合曆。

共王時說。通行的說法以前 922 年爲共王元年，該年六月張表是庚子（37）朔，董譜同，庚子（37）距銘文六月壬戌（59）朔含當日相差二十三日，顯然也不合曆。

懿王時說。通行的說法以前 899 年爲懿王元年，該年六月張表是丙辰（53）朔，丙辰（53）距銘文六月壬戌（59）含當日相差七日，顯然不合曆。董譜是丁巳（54）朔，丁巳距壬戌含當日相差六日，顯然也不合曆。

孝王時說。通行的說法以前 891 年爲孝王元年，該年六月張表是庚子（37）朔，董譜同，庚子（37）距銘文六月壬戌（59）朔含當日相差二十三日，顯然也不合曆。

夷王時說。通行的說法以前 885 年爲夷王元年。該年六月張表是丙寅（3）朔，銘文壬戌（59）距丙寅含當日相差五日，顯然不合曆。董譜是乙丑（2）朔，距銘文壬戌含當日相差四日，也不合曆，但近是。

筆者近據若干銘文所記曆日推得前 1003 年是穆王元年。該年六月張表是庚寅（27）朔，錯月是庚申（57）朔，董譜是庚申朔，據銘文所推六月是壬戌（59）朔，距庚申含當日相差三日，實際相差二日，合曆。含當日相差三日，猶如十五的月亮有時十七圓一樣，是曆先天二日所致，屬於正常現象。但是，曆不能先天三日（含當天是四日）或三日以上，那樣就不合曆了。次年（穆王二年）四月張表、董譜皆是丙辰（53）朔，錯月是丙戌（23）朔，與據銘文所推己丑（26）朔含當日相差四日，近似。上文業已指出，根據郭沫若所言，曶鼎銘文的紀時是不正常的。由此看來，曶鼎銘文所記曆日符合穆王元年二年的曆朔。

這就是說，舀鼎當屬於穆王世，不屬於懿王世。

但是，結合師虎簋銘文的紀時，似乎又有未妥之處。師虎簋銘文言「唯元年六月既朢甲戌，王在杜庒（居）」，而舀鼎銘文言「唯王元年六月既望乙亥，王在周穆王大〔室〕」，同是某王元年六月既望，但是二器銘文所記干支卻不同，一爲甲戌（11），一爲乙亥（12），有一日之差。根據筆者的研究，既望是一個固定而又明確的月相詞語，是太陰月十四日傍晚所呈現的月相。兩器所記屬於同一王世元年六月既望，則所逢的干支理應相同。（筆者不同意月相四分的說法。若按四分說，則兩器所記毫無疑問符合同一王世的曆朔。）《周禮·春官·大史》：「頒告朔於邦國」，鄭注：「天子頒朔於諸侯，諸侯藏之祖廟。至朔朝於廟，告而受行之也。」《禮·玉藻》「聽朔於南門之外」。可見古代月朔是由天子頒佈的，諸侯不得各行其是。抑或穆王元年六月朔日當時就有甲戌（11）或乙亥（12）之異說，或懷疑乎？合朔存在的一日之差，根據推步曆法，合朔恰巧在夜分前後兩三個時辰之內，所以合朔可以算在前一日，也可以算在後一日。這就有了一日之差，含當日是二日。

參考文獻

〔1〕陳夢家：《西周銅器斷代》第 198 頁，中華書局 2004 年。

〔2〕吳其昌：《金文曆朔疏證》，《燕京學報》第六期，第 1047～1128 頁，1929 年。

〔3〕郭沫若著：《兩周金文辭大系圖錄考釋》（簡稱《大系》），上海書店出版社，1999 年 7 月。

〔4〕葉正渤：《金文標準器銘文綜合研究》第 172～177 頁，線裝書局 2010 年。

〔5〕夏商周斷代工程專家組：《夏商周斷代工程 1996～2000 年階段成果概要》，《文物》2000 年第 12 期。

吳方彝蓋銘文

四阿式房屋形，蓋鈕缺失，五脊和四坡中線有透雕扉棱。蓋頂邊緣飾回顧式夔龍紋，四面坡飾倒置的解體式獸面紋，雲雷紋襯底。蓋內鑄銘文 10 行 102 字，其中合文 1。[1]

銘文

參考釋文

隹（唯）二月初吉丁亥，王在周成大室。①旦，王各廟，宰朏右（佑）乍（作）冊吳入門，立中廷（庭），北鄉（向）。②王乎（呼）史戊冊令（命）吳：「嗣（司）旃眔叔（淑）金，易（錫）秬鬯一卣，玄袞衣、赤舄，金車、桼（黻）靷，朱虢（鞃）靳（靳）、虎冟（冪）、熏（纁）裏，桼（絨）較（較）、畫轉、金甬（箭），馬四匹，攸（鋚）勒。」③吳拜頴（稽）首，敢對飄（揚）王休，用乍（作）青尹寶隉（奠）彝，吳其世子孫永寶用。④隹（唯）王二祀。⑤

考釋

① 唯二月初吉丁亥，初吉是初一朔，則某王二祀二月是丁亥（24）朔。陳夢家曰：「『王才周成大室』者，王居於王城王宮中的大室；『旦王各廟』則大室非宗廟。」[2] 銘文單言周，指位於雒邑西北二十里地的王城。朱駿聲在其《尚書古注便讀‧洛誥》下注：「所謂成周，今洛陽東北二十里，其故城也。王城在今洛陽縣西北二十里，相距十八里。」又在《君陳》篇下按曰：「成周，在王城近郊五十里內。天子之國，五十里爲近郊，百里爲遠郊。今河南河南府洛陽縣東北二十里爲成周故城，西北二十里爲王城故城。」周代明堂、宗廟

建築的總體結構大體相同。王國維《觀堂集林》卷三《明堂廟寢通考》有詳細考證。[3]

② 廟，祭祖之所，在王城附近。宰，職官名，掌管王家內外事務，也叫太宰。朏，人名，擔任宰之職。作冊，職官名，吳是人名，擔任作冊之職。

③ 史，職官名；戉，人名，擔任史之職。根據內史記言，外史記行的說法，則戉擔任內史之職。作冊吳，是受周王賞賜者。陳夢家曰：「王命吳之官屬於《周禮》司常之職。」旆，從扒白，字書所無，孫詒讓曰：「此旆字當即所謂大白之旗也。《周官》『巾車建大白以即戎』注：『大白，殷之旗，猶周大赤。』以六書之義求之，當爲從扒白，白亦聲。」陳夢家曰：「旆從白聲，即《說文》『旆，繼旐之旗也，沛然而垂。』……《釋名・釋兵》曰『白旆，殷旆也』；是此旗是白色的，故金文從白，而音與沛然之旆同。孫詒讓以此字爲大白之旗，其說亦通。」（158／2004）眔，《方言》：「遝，及也。」叔金，陳夢家曰：「叔金，郭沫若釋作素錦，是也。《爾雅・釋天》曰『素錦綢杠』，郭（璞）注云『以白地錦韜旗之竿』，是素錦是纏於旗竿上的白錦。」秬鬯一卣，古代用黑黍和香草釀成的酒，用於祭祀祖先在天之靈。《詩・大雅・江漢》：「釐爾圭瓚，秬鬯一卣。」卣，古代一種盛酒器，此處用作量詞。玄袞衣、赤舃、金車、桒（戴）軜，朱虢（鞹）靳（靳）、虎冟（幂）、熏（纁）裏、桒（絨）較（較）、畫轉、金甬（箣）、馬四匹、攸（鋚）勒，以上是周王所賜，有酒、衣服、鞋子、車馬飾、馬匹、馬籠頭和旌旗等物品。

④ 青尹，當是作冊吳的父輩，擔任尹之職。世子孫，猶言後世子孫。陳夢家謂乃一時之通語，多見於共王、懿王時銅器銘文。

⑤ 祀，《爾雅・釋天》：「載，歲也。夏曰歲，商曰祀，周曰年，唐虞曰載。」唯王二祀，陳夢家曰：「此器與《趩觶》並於銘末作『佳王二祀』，乃承大、小《盂鼎》的做法，模擬殷制，置於銘末而稱『年』爲『祀』。本器的乍冊吳與《師虎簋》的內史吳應是一人，此稱乍冊而不稱內史，亦是擬古的一例。在共、懿時期，乍冊內史與乍冊尹是異名而同實，從此可見由乍冊而至尹氏的過渡時期（同）乍冊與內史可以互通。」

王世與曆朔

或以爲共王時器，或以爲懿王時器，或以爲孝王時器，或以爲夷王時器，或以爲宣王時器，或以爲幽王時器。可見對吳方彝蓋所屬的王世，學界不僅意見分歧較大，而且分歧的歷史跨度也較大。

吳其昌曰：「宣王二年（前826年）二月大，壬午朔；初吉六日得丁亥。與曆譜合。」[4] 吳其昌以六日得初吉，這本身就是錯誤的。況且到宣王之世紀年早已不用「祀」，而用「年」了。下面來驗證一下看結果如何。

銘文「唯二月初吉丁亥……唯王二祀」，初吉，是初一朔，則某王二祀二月是丁亥（24）朔。前826年二月，張表是己酉（46）朔，己酉距銘文丁亥（24）朔含當日是二十三日，顯然不合曆。即使錯月是己卯（16）朔，己卯距銘文丁亥含當日也有十日之差，顯然也不合曆。董譜該年二月是甲申（21）朔，甲申距丁亥含當日相差四日，也不合曆。可見，從曆法的角度來考察，吳方彝銘文所記曆日不符合宣王二年二月的曆朔。

目前通行的說法定前976年爲穆王元年，[5] 則穆王二年是前975年。該年二月張表是庚辰（17）朔，庚辰距丁亥（24）含當日是八日，顯然不合曆。董譜是己卯（16）朔，己卯距丁亥含當日是九日，顯然也不合曆。

從曆法以及銘文稱年爲祀的角度來看，本文以爲吳方彝蓋銘文應屬於穆王世的紀時。銘文「唯二月初吉丁亥，…… 唯王二祀」，初吉是初一朔，則穆王二年二月是丁亥朔。筆者推定穆王元年是前1003年，則穆王二年是前1002年。該年二月張表是丁巳（54）朔，董譜同，錯月是丁亥（24）朔，與銘文二月初吉丁亥相合。[6] 傳世文獻關於穆王在位五十五年之說應該是可信的，穆王元年就是前1003年。

西周諸王在位年數除了宣王、幽王而外史無明載。據《史記》記載推算，厲王在位是三十七年，筆者據若干紀年銘文研究認爲厲王紀年應該是五十一年。[7] 其他各王在位年數更不清楚，所以也難以進行驗證。且無器型紋飾可資參考，根據曆法定在穆王世還是可信的。

參考文獻

[1] 吳鎮烽編著：《商周青銅器銘文暨圖象集成》第24冊第429頁，上海古籍出版社2012年。以下凡引該書簡稱《圖象集成》，標注所在冊數和頁碼。

[2] 陳夢家：《西周銅器斷代》第158頁，中華書局2004年。

[3] 王國維：《觀堂集林》卷三，中華書局1984年。

[4] 吳其昌：《金文曆朔疏證》，《燕京學報》第六期，第1047～1128頁，1929年。

[5] 夏商周斷代工程專家組：《夏商周斷代工程1996～2000年階段成果概要》，《文物》2000年第12期。

〔6〕葉正渤：《金文月相紀時法研究》第 181 頁，學苑出版社 2005 年。

〔7〕葉正渤：《屬王紀年銅器銘文及相關問題研究》，《古文字研究》第 26 輯；《從曆法的角度看逨鼎諸器及晉侯穌鐘的時代》，《史學月刊》2007 年第 12 期；《金文標準器銘文綜合研究》第 30～35 頁，線裝書局 2010 年。

趩觶銘文

侈口束頸，下腹向外傾垂，矮圈足與口徑等大且外撇。頸飾垂尾鳥紋，兩兩相對，以雲雷紋襯底。內底鑄銘文 8 行 69 字，其中合文 1 字。（《圖象集成》19～475）

銘文

參考釋文

隹（唯）三月初吉乙卯，王才（在）周，各（格）大室，咸。①丼（邢）弔（叔）入右（佑）趩。②王乎（呼）內吏（史）冊令（命）趩：「更乃（厥）且（祖）考服，易（錫）趩哉（織）衣、載（韋）市（韍）、回（鑾）黃（衡）、旂。」③趩拜𩒨首，䢅（揚）王休對趩蔑歷，用乍（作）寶隩（奠）彝。④枼（世）孫子母（毋）敢家（墜），永寶。⑤隹（唯）王二祀。⑥

考釋

① 唯三月初吉乙卯（52），初吉是初一朔，則某王二祀三月是乙卯（52）朔。周，銘文單言周，指位於洛邑西北二十里地的王城。朱駿聲在其《尚書古注便讀·洛誥》下注：「所謂成周，今洛陽東北二十里，其故城也。王城在今洛陽縣西北二十里，相距十八里。」又在《君陳》篇下按曰：「成周，在王城近郊五十里內。天子之國，五十里爲近郊，百里爲遠郊。今河南河南府洛陽縣東北二十里爲成周故城，西北二十里爲王城故城。」各，通格，入也。大室，宗廟明堂中央較大的一間屋室，通常是周天子處理政事的場所。咸，既也。陳夢家將咸字連下讀作「咸井叔」，表領屬，謂「此咸井叔與免器之井叔可能是一人」。[1]

② 井叔，人名，即邢叔，西周銅器銘文中經常出現。井伯和井叔，當是同一家族，但未必是同一個人，一稱伯，說明排行是老大；一稱叔，說明排行是老三。此二人名字大多見於穆王、共王和懿王時期。趩（chí），《說文》：「行聲也。從走，異聲。讀若敕。一曰不行兒。」銘文是作器者人名。

　　本器飾鳥文，銘文稱祀不稱年，且置於銘文之末，這些都是西周早期銅器銘文所具有的特徵。右，讀作佑，儐佑，導引者。

③ 乎，讀作呼，喚使。吏，讀作史。史、吏、事和使金文是一個字，後來分化爲四，王國維在《觀堂集林》中有詳細分析考證。內史，西周職官名，職掌傳達王命，冊封臣下等政事。更，讀作賡，續也、繼承。乎，讀作厥，同其，代詞。服，事也，指所擔任的職事、官職。其他是所賜之衣物和旗幟。

④ 瓶（揚）王休對，當是「對揚王休」之倒，此句意爲答揚王對趩的美好賞賜和勉勵。蔑歷，勉勵。隩，一般隸作尊，其實應隸作奠，祭也。奠彝，祭祀用的彝器、禮器。本器後世命名爲觶，觶是古代一種酒器，青銅禮器之一，形似尊而短小，或有蓋，盛行於商代和西周。

⑤ 世孫子，馬承源曰：「世代子孫不敢廢墜。韘字從枼，枼字的異構，孳乳爲葉。《詩·商頌·長發》『昔在中葉』，毛亨《傳》：『葉，世也。』葉從世聲，與世音義相同。伯簋蓋銘『永枼毋出』，亦枼爲世之一例。枼子孫即世代子孫。」[2]
㒸，讀作墜，《說文》：「從高隊也。從阜㒸聲。」引申指荒廢所擔任的職事。永寶，永遠寶有，與「永寶用享」義同。

⑥ 唯王二祀，王即位的第二年。此處用「祀」不用「年」，這是沿用商代的紀年用語，說明本器之製作年代應在西周早期。《爾雅·釋天》：「夏曰歲，商曰祀，周曰年，唐虞曰載。」

王世與曆朔

或以爲穆王時器，或以爲共王時器，或以爲懿王時器，或以爲孝王時器，或以爲夷王時器。吳其昌曰：「宣王二年三月小，壬子朔；初吉四日得乙卯。與曆譜合。」[3] 初吉是定點月相詞語，指初一朔，吳其昌說四日得乙卯，肯定不準確。宣王二年是前826年，該年三月張表是甲寅（51）朔，董譜同，乙卯（52）比甲寅（51）早一日，合曆。

但是，從趞觶銘文內容、人物有丼叔，以及紀年用「祀」不用「年」這些特點來看，顯然不是宣王世所應有。陳夢家在《西周銅器斷代》中把免簋、免簠、免尊、免盤、趞觶、守宮盤等六器稱爲丼叔組或免組，認爲它們可以作爲斷代的標準，指出其中的右者丼叔尤爲重要。[4] 在上述六器中只有免簋、免尊和趞觶銘文中出現丼叔。此外，舀鼎銘文中也出現丼叔。前三器銘文中丼叔都是右者，而舀鼎銘文中丼叔是貴族大臣，賜給舀品物，並且給舀斷訟。1959年陝西藍田縣出土兩件弭叔簋，銘文中丼叔也是擔任右者，與免簋諸器完全相同。1984至1985年社科院考古所在陝西長安縣張家坡發掘丼叔家族墓地，獲得多件丼叔自作銅器。[5] 這些丼叔銅器基本上屬於西周中期偏早時的。所以，吳其昌宣王之說不足信。

但是，夷王及以前諸王的在位年數都不確定，所以，也就難以進行比勘驗證。不過，厲王在位是三十七年，這是根據《史記》推算而得到的，且厲王元年是前878年，這也得到許多紀年銅器銘文的證實。[6] 所以，從前878年向前查檢張表和董譜，看這百年左右符合三月初吉乙卯（52）朔或近似者都有哪些年份，就可以推算出某王元年來。

銘文「唯三月初吉乙卯……唯王二祀」，初吉是初一朔，則某王二年三月乙卯（52）朔。

前883年三月，張表是乙卯（52）朔，董譜同，完全合曆，則某王元年是前884年。

前914年三月，張表是丙辰（53）朔，比乙卯（52）早一日合曆。董譜正是乙卯（52）朔，完全合曆，則某王元年是前915年。

前945年三月，張表是乙酉（22）朔，董譜同，錯月是乙卯（52）朔，合曆，則某王元年是前946年。

前 950 年三月，張表是甲寅（51）朔，董譜同，比銘文乙卯（52）遲一日合曆，則某王元年是前 951 年。

前 971 年三月，張表是丙辰（53）朔，比乙卯（52）早一日合曆。董譜三月是丙戌（23）朔，四月是乙卯（52）朔，則某王元年是前 972 年。

前 997 年三月，張表是丁巳（54）朔，董譜同，早二日合曆，則某王元年是前 998 年。

前 1002 年三月，張表是丙戌（23）朔，董譜同，錯月是丙辰（53）朔，銘文乙卯（52）比丙辰遲一日合曆，則某王元年是前 1003 年。

筆者根據伯呂盨、五祀衛鼎、九年衛鼎等器銘文的曆朔推算共王元年是前 948 年，進而又根據傳世文獻記載穆王在位五十五年反推穆王元年是前 1003 年。結合本器飾鳥文，鳥文是西周早期銅器紋飾的特點，銘文稱「祀」不稱「年」，且置於銘文末尾等特徵，而趞觶銘文所記曆日符合穆王二祀即前 1002 年三月的曆朔，因而本文定其爲穆王二年時器。

參考文獻

〔1〕陳夢家：《西周銅器斷代》第 185 頁，中華書局 2004 年。

〔2〕馬承源主編：《商周青銅器銘文選》，文物出版社 1988 年。

〔3〕吳其昌：《金文曆朔疏證》，《燕京學報》第六期，第 1047～1128 頁，1929 年。

〔4〕陳夢家：《西周銅器斷代》第 177～185 頁，中華書局 2004 年。

〔5〕張長壽：《論井叔銅器——1983~1986 年灃西發掘資料之二》，《文物》1990 年第 7 期。

〔6〕葉正渤：《屬王紀年銅器銘文及相關問題研究》，《古文字研究》第 26 輯，中華書局 2006 年；《從曆法的角度看速鼎諸器及晉侯穌鐘的時代》，《史學月刊》2007 年第 12 期；《亦談晉侯穌編鐘銘文中的曆法關係及所屬時代》，《中原文物》2010 年第 5 期；《西周共和行政與所謂共和器的考察》，《紀念徐中舒先生誕辰 110 週年學術研討會論文集》第 162 頁，巴蜀書社 2010 年；收入葉正渤《金文標準器銘文綜合研究》，線裝書局 2010 年。

覿簋銘文

覿簋，2005 年國家博物館新征集，相傳清末或民國初年出土於陝西寶雞。形制比較特殊，是一帶支架形底座的長冠鳥形雙耳無蓋簋。簋身侈口，頸內收，腹下稍鼓，雙耳作有聳冠的鳥形。頸部飾顧首夔紋，腹面飾垂冠大鳥紋。低圈

足，足下有鏤空的峰巒形支座。器腹內底鑄銘文 11 行 110 字。[1]

銘文

參考釋文

隹（唯）廿又四年九月既望庚寅，王在周，各大室，即立（位）。①
嗣（司）工遬入右（佑）親，立中廷，北向。②王呼作冊尹冊釐（申）
命親曰：「更（賡）乃祖服，作冢嗣（司）馬，汝其諫訊有粦（舞），
取邋十爭，易（錫）汝赤市、幽璜、金車、金勒、旂。汝遒敬夙夕
勿灋（廢）朕命。汝韠（肇）享。」③親拜稽首，敢對揚天子休，
用作朕文祖幽伯寶殷（簋）。④親其萬年孫子其永寶用。

考釋

① 唯廿又四年九月既望庚寅（27），既望，月相詞語，太陰月的十四日，則某王
二十四年九月是丁丑（14）朔。周，銘文單言周，指位於雒邑西北二十里地的
王城。大室，也叫太室，位於明堂宗廟中央的一間大室，是周天子處理朝政、
冊命賞賜臣下的地方。即位，就位。

② 嗣，讀作司，司工，即《周禮》中的司空，職官名，西周始置，位次三公，
六卿之一，與司馬、司徒合稱三司，職掌水利、營建之事。遬，從辵從天串，
字書所無，佑者人名，佑導親。親，《說文》：「笑視也。從見彔聲。」銘文是

人名，本器的製作者。親也見於師痶簋銘文，稱司馬井伯親，業已擔任司馬兼儐佑，說明其身份地位已經很高。中廷，中庭。

③ 作冊，職官名；尹，人名，傳達王命者，擔任作冊之職。䰜，有的銘文裏也寫作「䰜（申）彙（就）」。䰜，常讀作申，申命：王冠英認爲與金文「今余乃申就乃命，命汝……」差不多，謂重申以往的冊命。李學勤認爲王冊命時稱「申命」，是親原有的官職，到這時改任司馬。[2] 或讀作緟，繼續，重命的意思。更，通賡，續也。周王命親繼承其祖父的官職，做周王室的冢司馬。冢，王冠英釋作家，李學勤隸作冢，冢司馬即大司馬，掌邦政。銘文字有殘泐，疑從勹從豕，不從宀，當是冢字。酒，王冠英讀作其，細審字形，應是酒字，與下文「汝酒敬夙夕勿灋（廢）朕命」的酒字寫法相同。此處有舒緩語氣的作用，無實在意義。諫，《說文》：「證也」；「訊，問也」。有粦（㷠），唐蘭讀爲友鄰；李學勤讀爲有嫌，諫訊有粦（㷠），義當爲傳訊有嫌疑的人；王冠英認爲應讀爲悋，謂：《方言·第十》：「凡貪而不施謂之亂，……或謂之悋。」古籍遴、鄰、悋、吝、婪等字音近常可通假。諫訊有粦（㷠），即審訊有貪吝罪行或阻難禮法政策施行的人。王說可從。取邀十寽，取下一字王冠英謂是征稅之征的本字。取邀十寽，據王冠英文章介紹，有說是領取十寽銅作爲辦公經費，有說是領取奉薪。根據銘文內容來看，可能指罰金，就是對那些貪吝不法之人處以罰金。「易汝」以下是所賜之品物，有服飾、腰帶、車飾、旗幟等。艀，從聿舟聲，肇字的異體。艀享，即「肇享」，祭也。也見於《𣄰尊》《服方尊》等銘文。

④ 朕，此處是親的自稱。文祖幽伯，文，溢美之辭；文祖，親的祖父，名幽伯。毀，銘文用毀字，後世改用簋字。

王世與曆朔

王冠英、李學勤、張永山諸位分別從銘文內容、器形、紋飾、人名稱謂等方面定本器爲西周穆王時。張永山說：「器表裝飾垂冠鳥紋和以鳥身作器耳的技法，興於昭王晚期，盛行於穆王和共王、懿王時期。」又說：「『內史吳』之名屢屢出現在牧簋、吳方彝。『內史吳』和『作冊吳』至今未在穆王時期的銅器銘文中出現。」[3] 王、李二位又根據「夏商周斷代工程」階段成果從曆法的角度進一步將本器定爲穆王二十四年即公元前 953 年器。下面來驗證二位的說法，看結果如何。

　　銘文：「惟廿又四年九月既望庚寅」（27），既望是十四日，則該年九月是丁丑（14）朔。前953年九月，張表是己亥（36）朔，根據干支表本月無庚寅（27）。錯月是己巳（6）朔，銘文「既望庚寅」（27）是月之二十二日，這不符合人們通常對既望這個月相詞語的理解。且己巳（6）距銘文丁丑（14）朔含當日相差九日，顯然不合曆。董譜前953年九月是戊戌（35）朔，本月亦無庚寅（27）。錯月爲戊辰（5）朔，則既望庚寅是月之二十三日，顯然也不合人們通常對既望這個月相詞語的理解。且戊辰（5）距銘文丁丑（14）朔含當日相差十日，顯然也不合曆。而銅器銘文屬於穆王二十四年九月基本上是沒有問題的，那麼，唯一的解釋就是穆王二十四年的絕對年代（公元紀年）不是前953年。換句話說，覿簋銘文所記曆日根本就不是前953年九月既望庚寅。

　　本書同意本器屬於穆王世的看法。筆者推得穆王元年是前1003年，穆王二十四年則是前980年。銘文：「惟廿又四年九月既望庚寅」，既望是十四日，干支是庚寅（27），則該年九月是丁丑（14）朔。早在《金文月相紀時法研究》「西周紀年銅器銘文所屬王世及月朔一覽表」中，筆者根據士山盤銘文所屬年代，運用天文學波動理論，向前逆推93年，得到前980年九月是丙子（13）朔。該年九月張表正是丙子朔，與本人所推完全吻合。董譜該年九月是乙亥（12）朔。筆者所推覿簋銘文廿又四年九月是丁丑（14）朔，比張表早一日，比董譜早二日合曆。可以說，這個數據是比較準確的。這說明，穆王二十四年很可能就是前980年，而覿簋銘文所記曆日就是該年九月的既望庚寅。[4]

　　另外，覿這個人物也見於師瘨簋蓋銘文，而師瘨簋蓋銘文中有「內史吳」這個史官，一般認爲與吳方彝、師虎簋和牧簋銘文裏所見之吳應是同一人。《武功縣出土的青銅器》一文說：「由長由盉銘文分析，可能是穆王元年，則知吳在穆王元年已爲內史，到共王初年仍任此職。……這說明『內史吳』在懿王元年以前，共王十五年三月以後這一時間死的。」[5]吳方彝、師虎簋學者認爲屬於穆王時器，師瘨簋蓋銘文有人認爲屬於恭王時器。本文以爲，覿簋銘文和師瘨簋蓋銘文應該同屬於穆王時期，在師瘨簋蓋銘文中覿已經擔任司馬之職了，稱爲司馬井伯。據《武功縣出土的青銅器》一文說，井伯其名也見於師虎簋、師毛父簋、豆閉簋、走簋、長由盉、以及趞曹鼎、師奎父鼎、利鼎諸器銘文，但沒有井伯之名，惟師瘨簋銘文曰司馬井伯覿。該文說：「井伯爲王室重臣，據長由

盂銘文知他在穆王時已很有地位，當穆王時他已爲司馬（見師奎父鼎），由走簋
更可知他在穆王十二年已爲司馬。」又曰：「師虎簋被考爲穆王時器，則是在穆
王元年他已經是很有勢力的了。」該文還指出：「井伯爲司馬的時間較長，如按
《史記・周本紀》說穆王在位五十五年的話，時間是很長的，今由所知道的各
有關井伯器物推算，由穆王十二年到恭王初年，前後有四十三年，井伯的職務
可能一直沒有改變，可見他是當時很有勢力的一個武力集團」；「他可能爲大司
馬之類的人物。」[6] 陳夢家早已指出井伯可能是同名，但未必是同一個人。可
惜師瘨簋蓋銘文沒有王年記載，給曆朔研究帶來不便。但是，報導文章將其定
爲共王初年器。[7]

附：師瘨簋蓋銘文

1963 年 4 月 2 日，武功縣南仁公社北坡村出土。蓋內鑄銘文 10 行 101 字，
重文 2。

隹（唯）二月初吉戊寅，王在周師嗣（司）馬宮，各大室，即立
（位）。嗣（司）馬井伯親右師瘨入門立中廷（庭）。王乎（呼）內
史吳冊令（命）師瘨曰：「先王既令（命）女（汝），今余唯龘（緟、
申）先王命=女（汝）官嗣（司）邑人、師氏。易（賜）鎣勒。」瘨

拜稽首，敢對揚天子丕顯休，用乍（作）朕文考外季奠殷（簋）。瘨
其萬年孫=子=其永寶用言於宗室。

　　銘文「唯二月初吉戊寅（15）」，初吉，指初一朔，則穆王某年二月是戊寅
朔（15）。查檢張表，前 985 年二月是戊寅（15）朔，董譜同。根據筆者的研究，
穆王元年是前 1003 年，則前 985 年是穆王十九年。所以，師瘨簋蓋銘文所記曆
日可能是穆王十九年二月的曆朔。查檢張表和董譜，師瘨簋蓋銘文所記曆日也
符合前 954 年二月的曆朔，該年是穆王五十年。

參考文獻

〔1〕王冠英：《覜簋考釋》，《中國歷史文物》2006 年第 3 期。

〔2〕李學勤：《論覜簋的年代》，《中國歷史文物》2006 年第 3 期。

〔3〕張永山：《覜簋作器者的年代》，《中國歷史文物》2006 年第 3 期。

〔4〕葉正渤：《亦談覜簋銘文的曆日和所屬年代》，《中國歷史文物》2007 年第 4 期。

〔5〕陝西省文物管理委員會：《陝西省永壽縣、武功縣出土西周銅器》，《文物》1964
年第 7 期。

〔6〕同〔5〕。

〔7〕陝西省文物管理委員會：《陝西省記壽縣武功縣出土西周銅器》，《文物》1964 年
第 7 期。

廿七年衛簋銘文

　　1975 年陝西省岐山縣董家村西周 1 號窖藏出土。這批共出土 37 件青銅
器，其中：鼎 13，簋 14，壺 2，鬲 2，盤 1，盉 1，匜 1，鎣 1，豆 2 件，據
研究它們不是同一個王世之器，從穆王世到宣王末幽王初。現藏岐山縣博物
館。二十七年衛簋侈口，圈足，蓋冠作圈狀，長舌獸面耳，有珥，下腹微向
外傾垂，頸部飾以細雷紋填地的竊曲紋，竊曲紋之間用獸頭間隔，其下為陽
弦紋一道，腹部素面，蓋沿飾竊曲紋，圈足飾陽弦紋一道。器內底和蓋內各
鑄銘文 7 行 73 字，重文 2，蓋、器同銘。[1]

銘文

參考釋文

隹（唯）廿又七年三月既生霸戊戌，王才（在）周，各大（太）室，即立（位）。①南白（伯）入右（佑）裘衛入門，立中廷，北鄉（向）。②王乎（呼）內史易（錫）衛載（緇）市（韍）、朱黃（衡）、鑾（鑾）。③衛拜韻（稽）首，敢對揚天子不（丕）顯休，用乍（作）朕文且（祖）考寶𣪕（簋），衛其子=孫=永寶用。

考釋

① 惟廿又七年三月既生霸戊戌，既生霸是太陰月的初九，干支是戊戌（35），則某王廿又七年三月是庚寅（27）朔。立，讀作位；即位，就位，就天子之位。

② 南伯、裘衛，皆是人名。右，佑導、導引。

③ 載，唐蘭說下從韋，上從𢦏聲，當通緇。[2]《說文》：「緇，帛黑色也。」古文作紂，當是黑色圍裙。絲，通鑾，繡有吉祥鳥圖案的旗幟。《漢書‧賈捐之傳》：「鑾旗在前，屬車在後。」顏師古注：「鑾旗，編以羽毛，列繫橦旁，載於車上，大駕出，則陳於道而先行。」

王世與曆朔

或以爲穆王時器，或以爲共王時器，或以爲厲王時器。唐蘭曰：「裘衛四器，三器均在共王時，則此器應爲穆王二十七年。」銘文「惟廿又七年三月既生霸戊戌」，既生霸是初九，干支是戊戌（35），則穆王二十七年三月是庚寅（27）朔。下面來驗證一下以上幾種說法。

穆王元年，目前通行的說法是前 976 年，則穆王二十七年是前 950 年。該年三月張表是甲寅（51）朔，董譜同，該月無庚寅（27）。錯月是甲申（21）朔，甲申距庚寅（27）含當日相差七日，顯然不合曆。驗證的結果，說明二十七年衛簋銘文所記曆日或者不是穆王二十七年三月的曆朔，或者穆王元年不是前 976 年，或者兩者都不是。但是，學界從器型紋飾以及與他器銘文紀年的關係，認爲應該屬於穆王時期。這樣，穆王元年的確定就是關鍵。

共王元年，目前通行的說法是前 922 年，共王在位二十三年，不足二十七年，則本器就不可能屬於共王時期。所以，如果按照目前通行的說法，則共王世之說不能成立。

厲王元年是前 878 年，則厲王二十七年是前 852 年。該年三月張表是丙戌（23）朔，丙戌（23）距銘文三月庚寅（27）含當日相差五日，顯然不合曆。董譜是乙酉（22）朔，乙酉距庚寅（27）朔含當日相差六日，顯然也不合曆。所以，厲王世之說同樣不能成立。

結合學界的研究，本文認爲二十七年衛簋屬於穆王之世。筆者推得穆王元年是前 1003 年，則穆王二十七年是前 977 年。該年三月張表、董譜皆是辛卯（28）朔，銘文庚寅（27）朔比曆表、曆譜三月辛卯（28）朔遲一日合曆。

裘衛四器除本器外，其餘三件分別是三年衛盉、五祀衛鼎和九年衛鼎，學界大多認爲是共王時器。筆者推算三年衛盉銘文所記曆日符合懿王三年三月的曆朔，五祀衛鼎和九年衛鼎銘文的曆朔分別符合共王五年正月和九年正月的曆朔，本器銘文所記曆日符合穆王二十七年三月的曆朔，說明裘衛四器分屬於穆、共、懿三個王世。裘衛從穆王中期開始到懿王初年，歷仕穆、共、懿三世。

參考文獻

〔1〕岐山縣文化館：龐懷靖，陝西省文管會：鎭烽、忠如、志儒，《陝西省岐山縣董

家村西周銅器窖穴發掘簡報》，《文物》，1976 年 5 期。

〔2〕唐蘭：《陝西省岐山縣董家村新出西周重要銅器銘辭的譯文和考釋》，《文物》1976
年第 5 期。

斷盂銘文

斷盂，是一件私人收藏品。據介紹，該器器形侈口深腹，圈足外撇，頸部有一對附耳略高出口沿。頸部飾垂冠回首體呈 S 形回首夔龍紋，以雲雷紋填地。內底鑄銘文 72 字。[1] 尤其是銘文中王年、月份、月相詞語和干支四要素齊全，對歷史斷代和金文曆朔研究頗為重要。吳鎮烽、朱豔玲《斷簋考》一文將器物命名為斷簋，核之器形，本文覺得應命名為斷盂，其時代則屬於西周穆王時期。現參考吳文將銘文重新隸定，並略加考釋。

銘文

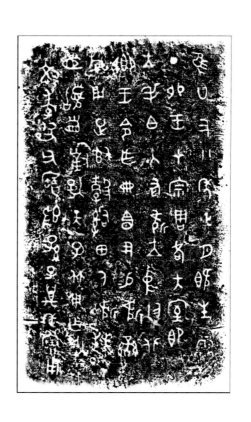

參考釋文

唯廿八年正月既生霸丁卯，王在宗周，各大室，即位，毛伯右斷立
中廷，北鄉。①王令作冊害（憲）尹易（錫）斷繺（鷥）旂（旂），
用尼（胥）師毅嗣（司）田（甸）人。②斷拜首稽首，對揚天子休，

用作朕文孝（考）㰦父寶𣪕（簋），孫子萬年寶用。③

考釋

① 唯廿八年正月既生霸丁卯，既生霸是初九，干支是丁卯（4），則某王二十八年正月是己未（56）朔。宗周，西周五邑之一，即豐鎬一帶。大室，或稱太室，是周天子朝見貴族大臣處理朝政的地方，有時也在大室舉行祭祀活動。毛伯，人名，吳鎮烽說與班簋的毛伯當爲一人，也就是孟簋的毛公，西周穆王時期人，征伐無需的主帥。右，即儐佑，導引。虓，從虎斤聲，是《說文》虍部虓字的異體，《說文》：「虎聲也。從虎斤聲。語斤切」，本義是虎嘯聲，是個擬聲詞，銘文是作器者人名。根據徐鉉注的反切，古音當讀作 yín，零聲母。後來隨著民族交融、漢語語音的演變也讀作 jīn，那是宋元以後的讀法。

② 作冊，西周職官名，王國維 《觀堂集林・洛誥解》：「作冊，官名……其長云作冊尹……皆掌冊命臣工之事。」憲，讀作憲，當是人名，擔任作冊尹之職。尹，西周史官之長，尹字疑誤倒在憲字之後，本句銘文當爲「王令作冊尹憲（憲）易（錫）虓䜌（鸞）旐（旂）」。易，讀作錫，賜也。䜌，讀作鸞，鸞旐（旂），繡有鸞鳥的旗幟。《漢書・賈捐之傳》：「鸞旗在前，屬車在後。」顏師古注：「鸞旗，編以羽毛，列繫橦旁，載於車上，大駕出，則陳於道而先行。」疋，讀作胥，相也，有輔佐義。𣪕，從攴孛聲，字書所無，人名。師𣪕，擔任師之職。嗣，讀作司，職掌、負責。田人，即甸人，是天子或諸侯的田官，負責管理公田事務。

③ 文孝，即文考，對亡父的美諡。㰦，《說文》：「吹也。一曰笑意。從欠句聲。」讀作 xū。㰦父，人名，是虓的亡父。寶，寶有。𣪕，簋字的初文。本文以爲，器銘自稱爲簋，但是從器形特徵來看，更像是一件青銅盂。例如共王時的永盂，其形制也是侈口，直腹，附耳，高圈足，只不過花紋與之不同而已。[2] 簋和盂都是盛食物的器皿，但形制不同。因此將其命名爲「虓盂」更名副其實，本文因而名之。

王世與曆朔

　　吳鎮烽從形制紋飾、文字字體等角度考證認爲，該器不可能晚到懿、孝時期，放到穆、共時期比較合適，但是，比勘「夏商周斷代工程」所給出的穆王在位的年代，發現與年曆不合，所以他趨向於共王時期，覺得如果所定不誤，共王在位年數至少就有二十八年之多。本文認爲，從器物形制以及銘文字體特

徵等要素來看，將其定爲穆、共時期大抵上是對的。儘管傳世文獻關於共王在位的年數說法不同，但都沒有二十八年之久，且若干紀年銅器銘文的王年研究也表明，共王在位也沒有二十八年。

銘文「唯廿八年正月既生霸丁卯」，既生霸是初九，干支是丁卯（4），則某王二十八年正月是己未（56）朔。從共王在位的可能年代向前查檢張表和董譜，符合正月己未（56）朔或近似的年份有：

前 899 年正月，張表是己丑（26）朔，董譜同，錯月是己未（56）朔，錯月合曆，則某王元年是前 926 年。

前 904 年正月，張表是戊午（55）朔，董譜同，銘文己未（56）朔比曆表早一日合曆，則某王元年是前 931 年。

前 930 年正月，張表是己丑（26）朔，董譜同，錯月是己未（56）朔，錯月合曆，則某王元年是前 957 年。

前 935 年正月，張表是戊午（55）朔，董譜同，銘文己未（56）朔比曆表早一日合曆，則某王元年是前 962 年。

前 961 年正月，張表是己未（56）朔，董譜同，完全合曆，則某王元年是前 988 年。

前 966 年正月，張表是戊子（25）朔，董譜同，錯月是戊午（55）朔，錯月又遲一日合曆，則某王元年是前 993 年。

前 992 年正月，張表是己未（56）朔，董譜同，完全合曆，則某王元年是前 1019 年。

前 997 年正月，張表是戊午（55）朔，董譜同，銘文早一日合曆，則某王元年是前 1024 年。[3]

將根據𤷾盂銘文推得的某王元年若干數據與目前通行的說法穆、共二王的元年（分別是公元前 976 年和前 922 年）相比勘，結果皆不合。[4] 本人曾推得穆王元年是公元前 1003 年，穆王二十八年則是前 976 年。[5] 前 976 年正月，張表是丁亥（24）朔，錯月是丁巳（54）朔，銘文正月己未（56）朔比張表錯月又早二日合曆。董譜該年正月是丙戌（23）朔，錯月是丙辰（53）朔，銘文錯月又早三日合曆，近是。筆者曾據共王時期若干紀年銘文的曆日記載推得共王元年是前 948 年，假設共王在位有 28 年，將𤷾盂銘文所記曆朔正月己未（56）朔核之曆表和曆譜，結果也不合曆，說明𤷾盂不是共王時器。

參考文獻

〔1〕吳鎮烽、朱豔玲：《斲簋考》，《考古與文物》2012 年第 3 期。

〔2〕斲盂器形和銘文拓片據吳鎮烽文章。

〔3〕張培瑜：《中國先秦史曆表》，簡稱張表，齊魯書社 1987 年；董作賓：《西周年曆譜》，簡稱董譜，《董作賓先生全集甲編》，臺北藝文印書館 1977 年。

〔4〕夏商周斷代工程專家組：《夏商周斷代工程 1996~2000 年階段成果概要》，《文物》2000 年第 12 期。

〔5〕葉正渤：《金文標準器銘文綜合研究》第 67 頁，線裝書局 2010 年。

虎簋蓋銘文

　　虎簋蓋，1996 年 8 月陝西省丹鳳縣冠區西河鄉山溝村出土。僅出土一件蓋，無器身，蓋面飾直棱紋。蓋內鑄銘文 161 字。[1]另一件虎簋蓋與底座日老簋的器為香港私人收藏，可能是張冠李戴所致。張光裕《虎簋甲、乙蓋銘合校小記》論之甚詳。[2]蓋甲銘文三月，據說蓋乙作三月，本文以為可能是銘文未剔清所致。本釋文據蓋甲銘文。

銘文（陝西丹鳳縣出土虎簋蓋銘文）

參考釋文

　　隹（唯）卅年三（四）月初吉甲戌，王才（在）周新宮。①各（格）

於大室，密弔（叔）內（入）右虎即立（位），王乎（呼）入（內）史曰：「冊令（命）虎。」②曰：「龢（載）乃且（祖）考事先王，嗣（司）虎臣。今令（命）女（汝）曰：更（賡）乃且（祖）考，足師戲嗣（司）走馬馭（馭）人眔（暨）五邑走馬馭（馭）人，女母（毋）敢不譱（善）於乃政。③易（錫）女載（緇）市、幽黃（衡）、玄衣、黹屯（純）、絲（鸞）旂五日。用事。」④虎敢捧（拜）頴（稽）首，對𥊽（揚）天子不（丕）秜（丕）魯休。虎曰：「不顯朕剌（烈）且考咨（粦）𦘫（明），克事先王，辪（肆）天子弗望（忘）𢆶（厥）孫子，付𢆶（厥）尚（常）官。⑤天子其萬年䰂（繩、申）兹（茲）命。」虎用乍（作）文考日庚隩（奠）殷（簋）。子孫其永寶用，夙（夙）夕𩈁（享）於宗。⑥

考釋

① 唯卅年三（四）月初吉甲戌，初吉指初一朔，干支是甲戌（11），則某王三十年四月是甲戌朔。周新宮，於周新建的宮殿。銘文單言周，指位於雒邑西北二十里地的王城。朱駿聲在其《尚書古注便讀·洛誥》下注：「所謂成周，今洛陽東北二十里，其故城也。王城在今洛陽縣西北二十里，相距十八里。」又在《君陳》篇下按曰：「成周，在王城近郊五十里內。天子之國，五十里爲近郊，百里爲遠郊。今河南河南府洛陽縣東北二十里爲成周故城，西北二十里爲王城故城。」王輝說，虎簋蓋僅說「新宮」，「新宮」之出現宜在穆王時。

② 密叔，人名，也見於西周趠鼎銘文，是密國的公族。密國即密須，姞姓，在今甘肅省靈臺縣。《詩·大雅·皇矣》：「密人不恭，敢距大邦，侵阮徂共。王赫斯怒，爰整其旅，以按徂旅，以篤於周祜，以對於天下。」朱熹《詩集傳》：「密，密須氏也，姞姓之國，在今寧州。」今本《竹書紀年》：「（帝辛三十二年）密人侵阮，西伯帥師伐密。」「三十三年，密人降於周師，遂遷於程。」《史記·周本紀》：「明年，伐犬戎。明年，伐密須。」右，儐佑，導引。陳夢家說儐佑是臨時擔任的官。虎，人名，與傳世師虎簋銘文中的師虎未必是同一個人。詳見下文。

③ 龢，從丮食聲，字書所無，疑讀如載，相當於昔的意思。陳夢家曰：「此命書『虎』後一字從食戈聲，義爲始或昔，《爾雅·釋詁》曰『初、哉……始也』，經傳或作載。」又曰：「由《卯殷》之例，則知時間詞的『載』—『昔』—『今』是三層的：載早於昔，昔早於今。」[3]祖考事先王，祖父及父親皆事奉先王。

司，職掌、主管。虎臣，職官名，武職。更，讀作賡，續也；繼乃祖考，猶言繼承你祖父和父親的官職。足，王翰章謂是續的意思。師戲，人名，也見於共王時的豆閉簋銘文，是穆、共時人，擔任師之職。足師戲司走馬馭人眔五邑走馬馭人，意爲繼續其祖考擔任管理走馬馭人和五邑走馬馭人。走馬馭人，職官名，負責王室的馬政，屬周王的近臣，當是武職。母，讀作毋，表示禁止或勸阻。譱，讀作善；不善於乃政，意思是不要不好好幹你的本職政事。

④ 易，讀作錫，賜也。以上是周天子賞賜給虎的物品，有緇市（黑色的蔽飾），幽黃（衡）（黑色的玉飾），玄衣（黑色的衣服），黹純（黹純，繡有花紋的衣服），䜌（鑾）旂五日，畫有五個日（太陽）的彩旗。這是身份地位和權力的象徵。用事，勤於王事，忠於職守。

⑤ 敢，謙敬副詞。拜稽首，叩首至地。對揚，答揚。不秝，大也。魯休，魯，善也；休，賜也，美好的賞賜。粦明，亦見於史牆盤銘文。粦，讀作靈，通令，美、善也。令明，善良明達。克，能。事，事奉。先王，指亡故的王。肆，讀作肆，發語詞。望，讀作忘。厽，厥也，同其，代詞。付，給予。尙，王輝讀作常；常官，當指世襲其祖先之官職。張光裕讀作上，謂上官猶言高官。本文以爲當以讀作常官爲宜，即世襲之官。

⑥ 用，由也，表示原因。文考日庚，用日干作爲亡考之廟號。在殷商甲骨卜辭中，殷之先公先王往往是用日干作爲廟號，晚殷銅器銘文裏也有這種現象。至周初，沿襲殷商遺風，因而也有用日干稱呼祖考之廟號。文考日庚，傳世師虎簋銘文有「列考日庚」，廟號雖同，但修飾語不同，當有所區別。隓，奠字的初文，祭也。段，簋字的初文。朿，夙字的初文；夙夕，朝夕。亯，享字的初文，象高臺上建宗廟之形，引申爲祭也。宗，宗廟。

王世與曆朔

說者或以爲穆王時器，或以爲共王時器，或以爲夷王時器。[4] 我們以爲王輝先生從器形、字體、名物、人物、語詞五個方面論證虎簋蓋銘屬於穆王時器物，是有足夠說服力的。王翰章則從作器的時間，銘文中所出現的人名以及書體和用語，證明此器屬穆王時期無疑。現驗證如下。

穆王說。說者或以爲虎簋蓋和師虎簋銘文所記曆日屬於穆王的紀年，並據通行的說法定穆王元年爲前 976 年，穆王三十年則爲公元前 947 年。說者遂據此推算虎簋蓋所記曆日，認爲該年四月丙寅朔，甲戌爲初九，虎簋蓋的曆日正

好與此相合，可知以上推定的共王、穆王年代可信。其實，此說極不準確，不可遽信。首先，初吉是定點月相日，指初一朔，根本不可能是初九。其次，虎簋蓋銘文和師虎簋銘文所記曆日與以前 976 年為穆王元年、以前 947 年為穆王三十年四月的曆朔根本不合。

師虎簋銘文「唯元年六月既望甲戌」，既望，月相詞語，十四日，干支是甲戌（11），則某王元年六月是辛酉（58）朔。按說者之說，穆王元年是前 976 年，該年六月張表是甲寅（51）朔，甲寅（51）距師虎簋銘文六月辛酉（58）朔含當日有八日之差，根本不合曆。該年六月董譜是癸未（20）朔，錯月是癸丑（50）朔，與辛酉（58）朔含當日有九日之差，亦不合曆。

虎簋蓋銘文「唯卅年四月初吉甲戌」，初吉，指初一朔，干支是甲戌（11），則某王三十年四月是甲戌朔。按說者之說，穆王三十年是前 947 年，該年四月張表是丁酉（34）朔，丁酉（34）距虎簋蓋銘文之四月初吉甲戌（11）朔含當日相差二十四日，顯然不合曆。該年四月董譜是丙申（33）朔，距虎簋蓋銘文四月甲戌朔相差二十五日，也不合曆。[6] 比勘驗證的結果說明穆王元年並不是前 976 年。但是，根據器型、花紋、人物等要素來看，師虎簋和虎簋蓋銘文所記曆日皆是穆王紀年範圍內的曆朔，這是不會錯的。

共王說。共王元年始於何年？共王在位有無三十年？至今都不明確。目前通行的說法以前 922 年為共王元年，則共王三十年就是前 893 年。張表該年四月是癸未（20）朔，董譜同，虎簋蓋銘文「唯三十年四月初吉甲戌」，則四月是甲戌朔。癸未（20）距甲戌（11）含當日相差正好十日，根本不合曆。這種情況表明，虎簋蓋銘文所記曆日不是共王三十年四月的曆朔，或者共王元年不是前 922 年，或兩者都不是。

夷王說。夷王元年始於何年？夷王在位有無三十年？至今仍不明確。通行的說法定夷王元年為前 885 年，則夷王三十年就是前 856 年。我們知道，厲王元年是前 878 年，前 856 年已經在厲王紀年的範圍裏了。通行的說法定厲王元年為前 877 年，眾多厲王時期的銅器銘文的曆日記載業已證明厲王元年當以《史記》的記載為準進行推算，即前 878 年。[7]

本文研究認為，虎簋蓋銘文所記曆日應該是穆王三十年四月的曆朔。筆者推定穆王元年是前 1003 年，穆王三十年則是前 974 年。該年四月張表正是甲戌

（11）朔，與虎簋蓋銘文所記四月初吉甲戌完全吻合。董譜是癸酉（10）朔，比甲戌遲一日，完全合曆。[8]

師虎簋銘文所記曆日符合穆王元年六月的曆朔，穆王元年是前 1003 年。師虎簋銘文「唯元年六月既望甲戌」，既望是十四日，干支是甲戌（11），則穆王元年六月是辛酉（58）朔。該年六月張表是庚寅（27）朔，錯月是庚申（57）朔，銘文六月辛酉（58）朔比庚申朔早一日合曆。董譜是庚申（57）朔，銘文也早一日合曆。所以，師虎簋銘文所記曆日合於穆王元年六月的曆朔，虎簋蓋銘文所記曆日符合穆王三十年四月的曆朔，二器同屬於穆王之世。從師虎簋銘文的字形、字體和篇章來看，也完全符合穆王時期銘文的特徵。

由於師虎簋和虎簋蓋銘文中都有虎以及虎的父考廟號日庚，於是學界有人認為兩器中的虎當是同一個人，只是任職有先後，虎為初次任職，師虎則已為師，時間應在後。但虎初任職時是某王三十年四月，而虎為師以後則是某王元年六月，遂將虎簋蓋置於前一個王世，而將師虎簋置於後一個王世元年（共王和懿王）。因此，將兩器銘文結合起來進行考察就很有必要。師虎簋銘文與虎簋蓋銘文咋看起來似乎有相同之處，密切相關，但經過仔細分析，就會發現兩器銘文不同之處還是多於相同之處的。現分析比較如下。

相同點：名字相同，一稱虎，一稱師虎或虎，師是職官名，都是虎，可見人名字相同。

廟號相同，虎簋蓋稱「虎用作文考日庚奠簋」，師虎簋「虎敢拜稽首……用作朕列考日庚奠簋」，都稱日庚。但是，又有些微的區別。見下文的分析。

不同點：地點不同，虎簋蓋「王在周新宮，格大室」，師虎簋「王在杜居，格於大室」。

周新宮，根據西周諸多銅器銘文出現的例子來看，當是穆王時期新建的宮殿，因為在共王時期的銅器銘文已有出現，如十五年趞曹鼎「龔王在周新宮，王射於射廬」，望簋「隹王十又三年六月初吉戊戌，王在周康宮新宮」等，說明新宮位於周康宮之內。而師虎簋「王在杜居，格於大室」，說明杜居與周不是一個地方，但也有大室。西周銘文裏王在某居的較多，但不一定有大室。

佑者不同，虎簋蓋是密叔入佑虎，師虎簋是井白內右師虎。前者是密叔，後者是井伯。

內史不同，虎簋蓋僅言「王呼內史曰：冊命虎」，內史無名字，師虎簋曰「王

呼內史吳：冊令虎」。當然，同一個王世，王室的內史可能不止一個人。

世襲的職官不同，虎簋蓋在王冊命虎時曰：「載乃祖考事先王，司虎臣。今命汝曰：更乃祖考，足師戲司走馬馭人眔五邑走馬馭人」，虎簋蓋銘所言虎的祖考以及王申命虎的職官很明確，都是武職。而師虎簋銘文在王冊命時曰「虎，載先王既命乃祖考事，啻官司左右戲緐荊。今余唯帥型先王命，令汝更乃祖考，啻官司左右戲緐荊」，師虎簋銘所言虎的祖考以及王重新任命虎所擔任的職官也很明確，都是「啻官司左右戲緐荊」，郭沫若在《大系考釋》中說：「官司左右戲緐荊，謂管理兩偏之馬政也。」且虎簋蓋明言王重新任命他「足師戲司走馬馭人眔五邑走馬馭人」，是其家族的「常官」。這一不同點很重要。

所賜品物不同，虎簋蓋「賜汝緇市、幽黃、玄衣、黹屯、絲（鸞）旂五日。用事。」而師虎簋「易汝赤舄。用事。」非常簡略，只有赤舄一樣。所賜品物不同當然可以忽略不計。

父考廟號修飾語不同，虎簋蓋銘文稱「文考日庚」，師虎簋銘文稱「列考日庚」。雖然兩個虎的父考廟號都稱日庚，但是，廟號的修飾語有些微區別。《逸周書‧謚法解》：「經緯天地曰文，道德博聞曰文，學勤好問曰文，慈惠愛民曰文，愍民惠禮曰文。錫民爵位曰文。」又曰：「有功安民曰烈，秉德遵業曰烈。」可見謚號「文」和「列（烈）」的含義是不一樣的。《謚法解》：「謚者，行之跡也。號者，功之表也。」謚號不同，表明兩器主虎的父考生平事跡也不同。由此推斷，虎簋蓋銘文中的文考日庚與師虎簋銘文中的列（烈）考日庚，只是廟號相同，但未必是同一個人。由此進一步推斷，虎簋蓋銘文中的虎與師虎簋銘文中的虎，可能也不是同一個人，可能是同宗兄弟輩。用十天干作祖先的廟號且廟號相同，在商代和周初的銅器銘文裏很多，茲不一一列舉。

綜上所論，本文以為虎簋蓋銘文中的虎和師虎簋銘文中的虎，極有可能是不同的兩個人，只不過兩人的名字和父考的廟號相同而已。尤其是兩器器主世襲的職官不同，更足以說明兩器器主可能屬於不同的近支。

參考文獻

〔1〕王輝：《虎簋蓋銘座談紀要》，《考古與文物》1997 年第 3 期；王翰章、陳良和、李保林：《虎簋蓋銘簡釋》，《考古與文物》1997 年第 3 期。

〔2〕張光裕：《虎簋甲、乙蓋銘合校小記》，《古文字研究》第 24 輯，中華書局 2002 年。

〔3〕陳夢家：《西周銅器斷代》第 150 頁，中華書局 2004 年。

〔4〕分別見王輝、王翰章等人的文章，以及李學勤《論虎簋二題》，《考古與文物》1997 年第 3 期，彭裕商《也論新出虎簋蓋的年代》，《文物》1999 年 06 期，又見張光裕的文章所引。

〔5〕夏商周斷代工程專家組：《夏商周斷代工程 1996～2000 年階段成果概要》，《文物》2000 年第 12 期。

〔6〕張培瑜：《中國先秦史曆表》，齊魯書社 1987 年；董作賓：《西周年曆譜》，《董作賓先生全集甲編》第一冊第 265～328 頁，臺北藝文印書館 1978 年。

〔7〕葉正渤：《屬王紀年銅器銘文及相關問題研究》，《古文字研究》第 26 輯；《從曆法的角度看逨鼎諸器及晉侯穌鐘的時代》，《史學月刊》2007 年第 12 期；《亦談晉侯穌編鐘銘文中的曆法關係及所屬時代》，《中原文物》2010 年第 5 期。

〔8〕葉正渤：《金文月相紀時法研究》第 181、223 頁，學苑出版社 2005 年。

第五節　共王時期

伯呂盨銘文

橢方形，直口微斂，蓋缺失，腹部稍鼓，腹兩端有一對附耳，底部有四個矩尺形足。通體飾瓦紋。內底鑄銘文 27 字，含重文 2。〔1〕

銘文

參考釋文

隹（唯）王元年六月既眚（生）霸庚戌，白（伯）呂又乍（作）旅
盨，①其子=孫=萬年永寶用。

考釋

① 唯王元年六月既眚（生）霸庚戌，既眚霸，就是既生霸，太陰月之初九，干支
是庚戌（47），則某王元年六月是壬寅（39）朔。伯呂又，伯是排行，呂是姓氏，
又是人名。盨，古代盛食物的一種銅器，橢圓口，有蓋，兩耳，圈足或四足。
旅盨，外出旅行用的器皿。

王世與曆朔

說者或以爲穆王時器，或以爲共王時器。銘文：「唯王元年六月既生霸庚
戌，」既生霸是初九，干支是庚戌（47），則某王元年六月是壬寅（39）朔。
現驗證如下。

穆王元年，目前通行的說法穆王元年是前 976 年。該年六月張表是甲寅
（51）朔，甲寅（51）距銘文壬寅（39）朔含當日相差十三日，顯然不合曆。
董譜是癸未（20）朔，距銘文壬寅（39）朔含當日相差二十日，顯然也不合曆。

共王元年，目前通行的說法共王元年是前 922 年，該年六月張表是庚子
（37）朔，董譜同。庚子（37）距銘文壬寅（39）朔含當日相差三日，近是。
陳佩芬在《夏商周青銅器研究（西周篇下）》中說，伯呂盨銘文所記曆日與西
周諸王紀年皆不合曆。[2] 其實非是。

筆者曾據伯呂盨、五祀衛鼎、九年衛鼎等器銘文推得共王元年是前 948
年，[3] 該年六月張表是辛丑（38）朔，銘文壬寅（39）比辛丑早一日合曆。
董譜是辛未（8）朔，錯月是辛丑朔，銘文壬寅（39）比辛丑（38）錯月又早
一日合曆，則伯呂盨銘文所記曆日就是共王元年六月的曆朔。筆者據上述幾
件銅器銘文及共王元年的時間反推穆王元年是前 1003 年，經過比勘，伯呂盨
銘文所記曆日不符合穆王元年的曆朔。伯呂盨銘文所記曆日非共王世莫屬。
這個伯呂也許就是歷仕穆王、共王時期的甫侯。今本《竹書紀年》：「（五十一
年）穆王命甫侯（伯呂）於豐，作《呂刑》。」作《呂刑》是穆王五十一年，
穆王在位五十五年，所以伯呂在共王世還能供職。共王元年是前 948 年，而

不是前 922 年。

此外，有一件呂伯簋，銘文曰：「呂伯作厥公室寶奠彝簋，大牢其萬年礿厥祖考。」銘文中呂伯或即伯呂，應是同一個人。可惜銘文無曆日記載，因此不好推算其具體時代。

還有一件呂服余盤，1978 年陝西省西安市文物商店收購，現藏西安市文管會。銘文「唯正月初吉甲寅，備仲入，右（佑）呂服余。王曰：『服余，命汝更乃祖考事，胥備仲司六師服……」，初吉是初一朔，則某王某年正月是甲寅（51）朔。比勘張表和董譜，前 924 年正月張表是乙卯（52）朔，董譜是甲寅（51）朔，完全合曆。根據筆者近日所推，前 924 年是懿王五年。此呂服余或是伯呂（呂伯）的後代。

呂服余盤出土於陝西三原縣，位於梁山下禮泉、涇陽、三原一帶。這一帶是呂梁氏的發軔地，位於周畿內。畿內呂伯長期在周王室擔任卿士，豐鎬曾出土呂季姜壺。銘文曰：「呂季姜作醴壺，子=孫=永寶用。」可惜也沒有紀時，同樣不好推算其具體年代。

參考文獻

〔1〕王慎行：《呂服余盤銘考釋及其相關問題》，《文物》1986 年第 4 期。

〔2〕陳佩芬：《夏商周青銅器研究（西周篇下）》第 493～494 頁，文物出版社 2005 年。

〔3〕葉正渤：《金文月相紀時法研究》第 174 頁，學苑出版社 2005 年。

師酉鼎銘文

師酉鼎，形制為盆形鼎，腹較淺而傾垂，腹壁微斜張，最大徑近器底；雙附耳，三柱足，足橫截面近半圓；口沿下有變形鳥紋構成的類似於竊曲紋形式的紋飾帶，以雷紋作底紋，腹中部有凸弦紋一周。鼎腹內壁有銘文 92 字，重文 2。銘文未見拓片，只有照片。[1]

銘文

參考釋文

唯王四祀九月初吉丁亥，王各（格）於大室，吏（使）師俗召師酉。
①王親袤庭（宦、休）師酉，易（錫）豹裘。②曰：「貅夙夜，辟事
我一人。」③酉敢拜頣（稽）首，對𩰬（揚）皇天子不（丕）顯休，
用乍（作）朕文考乙白（伯）、宽姬寶隮（奠）鼎。④酉其用追孝，
用𤕌（祈）䫉（眉）壽、𧸫泉（祿）、屯（純）魯。⑤酉其萬年子₌
孫₌永寶，用亯（享）孝於宗。⑥

考釋

① 唯王四祀九月初吉丁亥，初吉，是初一朔，干支是丁亥（24），則某王四祀九
月是丁亥朔。各，讀作格，入也。吏，讀作使。王國維《釋史》一文以爲古
文字中史、事、吏、使，皆一字之分化。[2] 師，職官名；俗，人名，擔任師
之職。師酉，酉是人名，擔任師之職。陳夢家曰：「金文中『師』爲一大類官
名，至少可以分爲：（1）樂師，如師嫠之師；（2）虎臣、師氏之長，如師㝬簋、
師酉簋、詢簋；（3）出內王命，入太師小子師望鼎。」[3] 陳夢家說：「師酉之
父爲乙白，母爲姬……乙白、師酉、師詢爲祖孫三代，師酉與師詢是父子。
師酉與師詢爲父子，故其官職世襲。」（245／2004）

② 親，同親。袤，朱鳳瀚說，袤字在以往著錄的銘文中尚未見過，《廣雅》：
「袤，長也。」在此當是形容王此次賞賜之隆重。宦，字書所無，銘文中一般
讀如休，有賜予義。豹裘，用豹皮做的衣服。朱鳳瀚說，本銘文言王親賜予

師酉豹裘，與多數銘文中僅言王賜，不言親賜應該有別，親賜可能是說賞賜物是王親自指定的，這對受賞者自然是無上之榮光。在西周金文中言王親賜臣屬的，尚有逋簋銘文與噩侯馭方鼎銘文，可資參閱。

③ 「貈夙夜，辟事我一人」，貈，從豸舟聲，《說文》：「似狐，善睡獸。從豸舟聲。《論語》曰：『狐貈之厚以居』。」西周金文有「虔夙夕」、「敬夙夕」之句，與本銘「貈夙夜」句式相同，意思當相近。今讀 hé。辟，君也；辟事，事君；我一人，周天子自稱。

④ 對揚，答揚。丕顯，大顯。休，賜也。文考，師酉亡父的諡號。乙白（伯），人名，師酉亡父的廟號。寏姬，人名，乙伯之配偶。「寏姬」是親稱，寏，溢美之詞，就像稱其亡父爲文考一樣。朱鳳瀚認爲，由師酉稱其母爲「寏姬」，可知師酉之家族非姬姓。奠，祭也，表器之用。奠鼎，猶他器之奠彝。可見銅器銘文中常見的奠彝，學界隸作尊彝是欠妥的。

⑤ 追孝，追祭。用，用來，表示目的。臚，讀作祈，祈求。鬒，是沐字之初文，象人在沐浴之形，借作眉；眉壽，毫眉秀出者乃長壽之象徵。《詩·豳風·七月》：「爲此春酒，以介眉壽。」毛傳：「眉壽，豪眉也。」孔穎達疏：「人年老者必有豪毛秀出者，故知眉謂豪眉也。」𢕬祿、純魯，西周中期銘文中常見的套語，有福祿美好之義。

⑥ 亯，享字的初文，象高臺上建廟室之形。享孝連言，猶祭也。宗，宗廟、廟室。

王世與曆朔

朱鳳瀚說「其形制、紋飾符合西周中期鼎的特徵，附耳淺垂腹的形制尤與共王時的七年趞曹鼎相近。」從曆法角度來說，可以排入共王曆譜。黃盛璋也以爲是共王時器。銘文「惟王四祀九月初吉丁亥」，初吉是初一朔，則某王四年九月是丁亥（24）朔。朱鳳瀚說可排入共王曆譜，目前通行的說法以前 922 年爲共王元年，則共王四年是前 919 年。該年九月張表是壬午（19）朔，壬午（19）距銘文九月丁亥（24）朔含當日相差六日，顯然不合曆。董譜是辛亥（48）朔，錯月是辛巳（18）朔，辛巳與丁亥（24）含當日相距七日，顯然也不合曆。

目前通行的說法穆王元年是前 976 年，則穆王四年是前 973 年，該年九月張表是乙未（32）朔，乙未距銘文九月丁亥（24）含當日相差九日，顯然不合曆。董譜是甲子（1）朔，錯月是甲午（31）朔，距銘文丁亥（24）含當日相差八日，顯然也不合曆。說明師酉鼎不是穆王或共王時的器物，或者，穆王以及

共王元年根本就不是通行說法的那兩個年份。

　　本文據若干銅器銘文的曆日記載推得穆王元年是前 1003 年，共王元年是前 948 年，比勘穆王四年九月和共王四年九月的曆朔亦不合曆。如果銘文是五祀九月初吉丁亥，則與本文所推共王五祀九月的曆朔合曆。本文推得共王元年是前 948 年，共王在位二十年，則共王五祀就是前 944 年，該年九月張表正是丁亥（24）朔，董譜是丁巳（54）朔，錯月是丁亥朔，完全合曆。然而，這僅僅是假設，銘文是四祀九月初吉丁亥。不過，師酉鼎銘文所記曆日卻符合本人所推懿王四年九月的曆朔。本人推得懿王元年是前 928 年，懿王四年是前 925 年，該年九月張表是丙辰（53）朔，董譜同，錯月是丙戌（23）朔，比銘文九月丁亥（24）晚一日合曆。抑或師酉鼎銘文所記是懿王四年九月之曆日歟。

附：師酉簋銘文

　　師酉簋，圓形，斂口，鼓腹，有雙耳，耳上端雕鑄獸頭，獸角呈螺旋狀，圈足，圈足下為三獸形扁足。有蓋，蓋上有圓形捉手。蓋頂與器腹飾瓦紋，蓋沿、頸部和圈足上飾重環紋。器、蓋內壁各鑄銘文 10 行 106 字，重文 2，器蓋同銘。

銘文

唯王元年正月，王在吳（虞），各吳（虞）大廟。公族瑰釐入右（佑）師酉，立中廷。王乎（呼）史牆冊命師酉：「嗣（嗣）乃祖，啻（嫡）官邑人、虎臣、西門尸（夷）、𥏟尸（夷）、秦尸（夷）、京尸（夷）、弁身尸（夷）、新。賜女（汝）赤芾、朱黃（衡）、中絅（褧）、攸（鋚）勒。敬夙夜勿灋（廢）朕令（命）。」酉拜稽首，對揚天子不（丕）顯休命，用乍（作）朕文考乙伯、宄（宄）姬奠簋。酉其萬年，子＝孫＝永寶用。

師酉簋銘文中亦有師酉這個人物，稱其亡父母亦爲文考乙伯及宄姬，可見與師酉鼎銘文中的師酉當是同一個人。本器銘文紀年稱年不稱祀，可能屬於紀年用「祀」向用「年」字的過渡期，約在穆、共、懿時期。朱鳳瀚以爲是懿王時器。可惜本篇銘文紀時要素不全，只有王年和月份，沒有月相詞語和干支，無法進行驗證。本文所推共王元年是前 948 年，該年正月張表是甲戌（11）朔，董譜是甲辰（41）朔，錯月也是甲戌朔。但是銘文中有史牆這個人物，史牆初見於牆盤銘文，一般認爲是共王時期的，本人認爲牆盤當是穆王時器，史牆服事於穆王、共王二王世極有可能。[4]

結合師酉鼎形制爲盆形鼎，腹較淺而傾垂，腹壁微斜張，最大徑近器底等特徵來看，與共王時期的五祀衛鼎、七年趞曹鼎、十五年趞曹鼎等器的特點很相似，且銘文紀年用祀不用年，所以，將師酉鼎和師酉簋定於共王世較爲適宜。

參考文獻

〔1〕朱鳳瀚：《師酉鼎與師酉簋》，《中國歷史文物》2004 年第 1 期。
〔2〕王國維：《觀堂集林》卷六第 263 頁，中華書局 1984 年。
〔3〕陳夢家：《西周銅器斷代》第 317 頁，中華書局 2004 年。
〔4〕葉正渤：《金文標準器銘文綜合研究》第 145～153 頁，線裝書局 2010 年。

五祀衛鼎銘文

1975 年陝西省岐山縣董家村西周 1 號窖藏出土。五祀衛鼎立耳，柱足，平沿外折，下腹向外傾垂，口沿下飾以細雷文塡底的竊曲紋。鼎腹內壁鑄銘文 19 行 207 字，其中重文 5，合文 1。[1]

銘文

參考釋文

隹（唯）正月初吉庚戌，衛吕（以）邦君厲告於井（邢）白＝（伯）邑父、定白（伯）、𤼈＝（諒）白（伯）＝（伯）俗父曰：「厲曰：『余執龏（共）王恤（恤）工（功）於卲（昭）大室東逆（朔）焂（營）二川』。①曰：『余舍女（汝）田五田』。」正迺（乃）訊厲曰：「女（汝）貯（租）田不（否）？」②厲迺（乃）許曰：「余密（審）貯（租）田五田。」井（邢）白＝（伯）邑父、定白（伯）、𤼈（諒）白＝（伯）俗父乃顜（構）。③事（使）厲誓。④迺（乃）令參（三）有𤔲＝（司）土（徒）邑人趞、𤔲（司）馬𩔖人邦、𤔲（司）工（空）隆矩、內史友寺芻，帥（率）履裘衛厲田三（四）田。⑤乃舍寓（宇）於𣂪（厥）邑：𣂪逆（朔）疆罘（逮）厲田，𣂪（厥）東疆罘（逮）散田，𣂪（厥）南疆罘（逮）散田罘（逮）政父田，𣂪西疆罘（逮）厲田。⑥邦君厲罘（逮）付裘衛田：厲弔（叔）子夙（夙）、厲有𤔲（司）𤰝（申）季、慶癸、燹禤、荊人敢、井（邢）人陽（陽）犀。衛小子逆，其卿（饗），儌。⑦衛用乍（作）朕文考寶鼎，衛其萬年永寶用。隹（唯）王五祀。⑧

考釋

① 唯正月初吉庚戌，初吉是初一朔，干支是庚戌（47），則某王五祀正月是庚戌朔。衛，即裘衛。邦君厲，邦君，當是王畿裏面的小國國君，厲是邦君之名。

邢伯、伯邑父、定伯、諒伯、伯俗父，皆是人名，又見於三年衛盉等器銘文。余，邦君屬自稱。執，執掌、辦理。恤工，即恤功，與恤勞同義。《尚書・呂刑》：「乃命三后，恤功於民。」《詩譜序》：「以為勤民恤功，昭事上帝，則受頌聲。」是為民憂思操勞的意思。邵，昭王之昭初文；昭大室，位於康宮中的祭奠昭王的大室。逆，讀作朔，《爾雅・釋訓》：「朔，北方也。」《尚書・堯典》：「申命和叔，宅朔方，曰幽都，平在朔易。」孔安國傳：「北稱朔，亦稱方。言一方則三方見矣。北稱幽，則南稱明從可知也。都，謂所聚也。易，謂歲改易於北方。」東朔，即東北。見下文逆、東、南、西四疆，可見朔指北方。焚，榮字的初文，象花枝交錯形，《爾雅・釋詁》：「木曰榮，艸曰華」。銘文讀作營，治也。《詩・小雅・黍苗》：「肅肅謝功，召伯營之。」召（shào），即邵伯。營，鄭玄箋：「治也。」經營、治理。二川，指宗周附近的渭水與涇水。唐蘭說，營讀作禜（yóng），祭山川。[2]

② 正，執政之公卿大夫友正，當指上述諸伯。訊，問也。舍，施捨、賜予。貯，讀作租。不，讀作否，甲骨卜辭中已有此種用法。

③ 廼，同乃。審，讀作舍，施予。許，應允、承諾。顜，從頁菁聲，《集韻》：「明也」，猶言講明。《史記・曹相國世家》：「蕭何為法，顜若畫一。」或曰顜，讀作構，成也，亦通。

④ 事，讀作使。王國維《觀堂集林・釋史》說，金文由史字分化出吏、事、使三個字。

⑤ 有嗣，即文獻裏的有司。周代三有司，指司徒、司空、司馬。趙、邦、隆矩、寺芻，皆人名。䝅，從豕頁，字書所無，地名。帥，同率。履，本義是鞋子，銘文指勘察田界。

⑥ 寓，宇字的籀文寫法，屋宇。逆疆，朔疆，也即北疆。眔，讀作逮或及，指疆界達到、交接、交界。

⑦ 夙，人名。畾（申）季，也是人名。燹（xiǎn）禭，人名。禭，從示廘聲，字書所無，用作人名。陽屖，也是人名。屖（xī），《說文》：「屖遲也。從尸辛聲。」屖遲，遊息也。逆，迎也。其，代指屬叔子夙等人。卿，讀作饗，宴饗。倂，從人朕聲，讀作 yíng，送也。

⑧ 王，即共王，或作恭王，青銅器銘文作龔王。祀，年。《爾雅・釋天》：「夏曰歲，商曰祀，周曰年，唐虞曰載。」佳（唯）王五祀，置於文末，說明西周共王時期有的銘文還沿用商代紀年銘文的格式和用字。

王世與曆朔

學界或以為共王時器，或以為懿王時器，或以為夷王時器。下面根據目前通行的說法進行比勘驗證，看結果如何。銘文「惟正月初吉庚戌……惟王五祀」，初吉是初一朔，則某王五年正月是庚戌（47）朔。

按照通行的說法，共王元年是前922年，則共王五年是前918年。該年正月張表是己酉（46）朔，董譜同，銘文正月初吉庚戌（47）比曆表、曆譜早一日合曆。但是，根據數器共元年的原則，僅僅由一篇銘文所記曆日合曆還不能輕易下結論說某年就是某王元年，還需要其他幾件器物銘文所記曆日的證明才行，就是說與其他幾件銘文曆日相銜接才能確定。

通行的說法懿王元年是前899年，則懿王五年是前895年。該年正月張表是丙申（33）朔，董譜同，丙申（33）距銘文正月庚戌（47）朔含當日相差十五日，顯然不合曆。比勘的結果說明五祀衛鼎銘文所記曆日不符合懿王五年正月的曆朔。且通行的說法以為懿王在位八年，這樣與九年衛鼎和五祀衛鼎屬於同一王世之說又不相容。

通行的說法夷王元年是前885年，則夷王五年是前881年。該年正月張表是乙巳（42）朔，董譜同，乙巳（42）距庚戌（47）含當日相差六日，顯然不合曆。且通行的說法以為夷王在位也是八年，這樣與九年衛鼎和五祀衛鼎屬於同一王世之說同樣不相容。比勘的結果說明五祀衛鼎銘文所記曆日也不符合夷王五年正月的曆朔。

銘文「余執龔（共）王恤（恤）工（功）於邵（昭）大室，東逆（朔）瑩（營）二川」，筆者在《金文標準器銘文綜合研究》一書中指出：「『唯王五祀』之王必為共王無疑。且『共王』之名亦為生稱，是共王時期的標準器之一。」[3]

從衛盉銘文的三年三月甲午（31）朔至五祀衛鼎銘文的正月初吉庚戌（47）正好是22個月，根據日差法則為：$59 \times 11 \div 60 = 10 \cdots\cdots 49$，餘數49干支是壬子，這是四年十二月晦日所逢的干支。至五年正月朔日干支則為 $49+1=50$，是癸丑，庚戌（47）距癸丑（50）含當日相差四日，說明這兩件器物日辰不相銜接。從三年三月甲午（31）朔通過排比干支表，到五年正月應該是癸未（20）或癸丑（50）朔。這個結果與日差法計算的結果完全一樣。癸丑距銘

文庚戌（47）朔含當日相差四日，這兩個干支不相銜接，說明這兩件器物不是同一個王世的。筆者推共王元年是前 948 年，則共王五年是前 944 年，張表、董譜前 944 年正月皆是庚辰（17）朔，錯月是庚戌（47）朔，錯月合曆，說明五祀衛鼎銘文所記曆日符合共王五年正月的曆朔。共王元年是前 948 年，共王在位二十年。

參考文獻

〔1〕龐懷清，鎮烽，忠如，志儒：《陝西省岐山縣董家村西周銅器窖穴發掘簡報》，《文物》1976 年第 5 期。

〔2〕唐蘭：《陝西省岐山縣董家村新出西周重要銅器銘辭的譯文和考釋》，《文物》1976 年第 5 期。

〔3〕葉正渤：《金文標準器銘文綜合研究》第 155 頁，線裝書局 2010 年。

元年師旋（事）簋銘文

1961 年 10 月陝西省長安縣張家坡出土，共四件。弇口鼓腹，圈足下有三個象鼻形小足，雙耳飾浮雕虎頭，蓋與器子母合口，上有圈狀捉手。蓋沿和器口沿飾竊曲紋，蓋上和器腹飾瓦紋，圈足飾 S 形雲雷紋。蓋內鑄銘文共 98 字，重文 2。器內底鑄銘文 99 字，重文 2。[1]

銘文

參考釋文

隹（唯）王元年四月既生霸，王在滅应（居）。①甲寅，王各（格）廟，即立（位）。②遟公入右師斿（事），即立中廷。③王乎（呼）乍（作）冊尹克冊命師斿（事）曰：「備於大左，官嗣（司）豐還（園）左右師氏。④易（錫）女（汝）赤市、冋（絅）黃、麗般（鞶），敬夙夕用事。」⑤斿（事）拜頶首，敢對揚天子不顯魯休令，用乍（作）朕文且（祖）益中隩（奠）簋，⑥其邁（萬）年子₌孫₌永寶用。

考釋

首先說明，元年師事簋銘文不屬於四要素齊全的銘文，爲了便於討論五年師事簋銘文的王世和曆朔，所以於此一併加以討論。

① 唯王元年四月既生霸，既生霸，月相詞語，指太陰月之初九。既生霸之後未直接寫干支，由此也可以看出月相詞語所指時間是定點的，否則便不知是何日。下文甲寅（51）並不是既生霸這一天，而是既生霸之後、既望之前的某日。本句意爲某王元年四月既生霸這一天，周王在滅应（居）。滅应（居），地名，學界以爲與長由盉之「下滅」或爲一地，可從。《說文》：「滅，疾流也。」《詩·大雅·文王有聲》：「築城伊滅，作豐伊匹」，毛傳：「滅，成溝也。」鄭箋：「方十里曰成，滅其溝也，廣深各八尺。」所以，滅居可能是周天子行宮之類的建築物，四周有圍河，因此而得名。參閱穆王時期《師虎簋銘文曆朔研究》一節考釋。

② 甲寅，干支紀日。按照西周銅器銘文的紀時慣例，甲寅（51）應在既生霸初九之後、既望十四日之前的初十至十三日中的某一日，[2] 由此可以推斷四月朔日當在壬寅（39）至乙巳（42）之間的某日。

③ 遟公，人名。陳夢家曰：「右者遟公與孝王時害簋之右者宰犀父疑是一人，宰犀父即遟公鐘之遟父。夷王時伊簋曰『皇考遟叔』，亦即此人。」[3] 右，儐佑，導引者。師斿（事），斿，從认史聲，人名。根據金文事、使和史本是一字的事實（王國維《觀堂集林》有詳細考證），陳夢家《西周銅器斷代》直接把斿隸作事，可從。師是職官名，事是人名。

④ 作冊尹，職官名，克，當是人名，擔任作冊之職。冊命，策命，冊封官職。或曰此處的克並非作冊尹之名，謂金文中凡言作冊尹一般皆不署人名。備於大左：備，猶言供職，即服事於大左，職掌大左。馬承源曰：「大左，官名，

師旋所任之官。《周禮·地官·司徒·師氏》：『師氏掌以媺詔王……居虎門之左，司王朝。』鄭玄注：『虎門，路寢門也，王目視朝於路寢門外，畫虎焉，以明勇猛，於守，宜也。』師氏守衛路寢虎門之左，故銘稱服於大左。路寢之左為師氏居官之所，下云官司豐還，是其具體職掌。官司豐還（園）左右師氏，掌治保衛豐京王宛的左右師氏。豐還，豐園，銘作還，與免簋同。園通苑，豐園就是豐京的王苑。左右師氏，師寰簋銘師寰率左右虎臣征淮夷，銘稱左右師氏是軍隊左右兩翼，是為周代的制度，此師氏用以捍衛王苑。」[4]

⑤ 麗般，麗鞶與赤市、同黃同為古代的命服。赤市，紅色蔽飾。同黃，或作衡、珩，一種玉佩。麗般，用鹿皮或羔裘製成的禮服。夙夕，早早晚晚。用事，用於職事。

⑥ 文且（祖）益中，益中，人名，是師事的祖父，文是美諡。隥，讀作奠，祭也。此處作「簋」的修飾語，表鑄造銅器的用途。

王世與曆朔

或以為西周懿王時器，或以為西周孝王時器。馬承源曰：「隹王元年四月既生霸，孝王元年為公元前九二四年，四月癸未朔。本器所計時日未能合於《年表》，若以本器的年、月、月相及干支日作為基準進行演算，同其它各器亦未能形成合理的組合。同主器五年師旋簋與本周懿王的《年表》基本相合，僅兩天之差，而就器形及紋飾來看，本器要晚於五年師旋簋，故當定為孝王之世。」一般研究認為，由於元年師事簋銘文所記曆日與五年師事簋銘文所記曆日不相銜接，所以馬承源等就把二器分置於兩個王世，且把元年器後置於下一個王世，但陳夢家置二器於懿王時期。詳見下文的分析。

五年師旋（事）簋銘文

1961年陝西省長安縣張家坡窖藏出土，五年師事簋共有三件器。蓋與器子母合口，器下腹向外傾垂，圈足下有三個象鼻形扁足，兩耳作銜環龍頭，蓋的捏手呈圈狀，蓋與器均飾長冠分尾鳥紋和直棱紋。器蓋同銘，鑄銘文7行共59字，重文2。（《圖象集成》11-320-326）

銘文

參考釋文

唯王五年九月既生霸壬午，①王曰：「師旂（事），令女（汝）羞追於齊。②僭女（汝）十五易（錫）、登、盾、生皇，畫內（芮）、戈琱祓、骹（厚）必（柲）、彤沙。③敬毋敗速（績）。」④旂（事）敢揚王休，用乍（作）寶簋。子子孫孫永寶用。

考釋

① 唯王五年九月既生霸壬午，既生霸是初九，干支是壬午（19），則某王五年九月是甲戌（11）朔。

② 師旂（事），人名，即元年師事簋銘文中的師旂（事），擔任師之職。羞追，進擊。《爾雅‧釋詁》：「羞，進也」。羞追謂進擊追逐之意，與不嬰簋「王令我羞追於西」同例。按：不嬰簋屬於宣王世之標準器。[5]齊，地名。此齊不是呂尚所封的齊國，地望未詳。陳夢家說：「齊或為東土之齊，則與禹鼎南淮夷入侵或有關。」就是說，羞追的對象不是齊國，可能是南淮夷等。

③ 僭：假作齎，義與賚同，賜也。易登，馬承源《銘文選》曰：易讀為錫，《廣雅‧釋器》：「赤銅謂之錫。」登即籩，《說文‧竹部》：「籩，笠蓋也。」指雨具。而《六韜‧龍韜‧農器》：「蓑，簦笠，其甲冑干櫓也」，則是以蓑薜為干

櫓，簽笠為甲冑，冑即兜鍪，錫登則是銅兜。簽兜聲義俱可通。十五錫登，謂銅兜十五件。盾生皇畫內（芮），盾即干，《方言・九》：「盾，自關而東或謂之瞂，或謂之干，關西謂之盾。」生皇，盾首羽飾。生，長也。器物上附植它物，江南至今仍曰生。《周禮・春官・宗伯・樂師》皇舞，鄭玄《注》：「皇舞者，以羽冒覆頭上，衣飾翡翠之羽。」賈公彥《疏》：「皇，被五采羽，如鳳凰色，持以舞。」是以皇舞為蒙羽之舞。生皇即以羽蒙飾盾首，丫字上首丫形，是為此羽飾。畫內，內讀為芮。《史記・蘇秦列傳》：「當敵則斬堅甲鐵幕，革抉哎芮，無不畢具。」司馬貞《索引》：「哎與戲同，音伐，謂楯也。芮，音如字，謂繫有彩綏的盾。」

　　陳夢家說：王所賜予者為樂器與兵器兩項。十五易，猶十五錫鐘。生皇，當指笙簧。戈戩戱、厚必、彤㫄，皆是兵器戈上的飾物。王所賜品物與元年師獸簋銘文所記略同，元年師獸簋銘文曰：「易（賜）女戈戩戱、厚必、彤㫄，十五錫鐘、一㚇，五金。敬夙夜用事。」筆者根據元年師獸簋銘文所記曆日，認為該器曆朔符合屬王元年正月，則元年、五年師事簋二器及所記曆日亦應該屬於西周中晚期。參閱《元年師獸簋銘文曆朔研究》一文。

④ 敬毋敗速（績），速，借作績，事也。《爾雅・釋詁》：「績，事也。」《左傳・莊公十年》「齊師敗績。」敗績指軍事上失利、打敗仗。

王世與曆朔

　　五年師事簋銘文記載了一個重要的歷史事件，即羞追於齊。學者或以為與古本《竹書紀年》：「（夷王）三年，王致諸侯，烹齊哀公於鼎」之事有關，或以為與夷王烹齊哀公於鼎之事無關。銘文「王曰：師旎（事），令女（汝）羞追於齊」，「敬毋敗速（績）」，當是指周王令師事於齊地進擊反叛之敵，志在必勝，不許失敗。據此來看，似乎與齊國本身並無直接關係。陳夢家說「與禹鼎南淮夷入侵或有關」。據今本《竹書紀年》所記，孝王四五年間曾與西戎發生戰事，夷王七年則與太原之戎發生過戰事。

　　或以為西周懿王時器，或以為夷王時器，或以為屬王時器。銘文「唯王五年九月既生霸壬午」，既生霸是初九，干支是壬午（19），則某王五年九月是甲戌（11）朔。下面來驗證一下，看結果如何。

　　元年師事簋銘文「唯王元年四月既生霸，王在淢居。甲寅，王格廟，即位」，銘文既生霸之後無干支，所以不知既生霸所逢的干支。根據西周金文的紀時體

例考察，四月既生霸所逢的干支肯定是在甲寅（51）之前的庚戌（47）、辛亥、壬子、癸丑（50）四日之內。既生霸是初九，那麼元年四月朔日則是壬寅（39）、癸卯、甲辰和乙巳（42）四日中的某日。

目前學界大多從通行的說法以前 899 年爲懿王元年，該年四月張表是丁巳（54）朔，董譜同，丁巳在甲寅（51）之後三日，不在根據元年師事簋銘文所記曆日推算而得到的四月朔日的範圍之內。就是說，銘文所記與懿王元年即前 899 年四月的曆朔不合曆。

若按懿王元年是前 899 年之說，則懿王五年是前 895 年，據五年師事簋銘文的曆日記載推算，該年九月應該是甲戌（11）朔。而該年九月張表是壬辰（29）朔，董譜同，與銘文九月甲戌朔含當日相差十九日，顯然也不合曆，說明二器不是懿王時器，或者懿王元年不是前 899 年。

目前通行的說法以爲夷王元年是前 885 年，該年四月張表是丁卯（4）朔，董譜是丙寅（3）朔，錯月是丁酉（34）或丙申（33）朔，與據元年師事簋銘文所記曆日推算的結果壬寅（39）至乙巳（42）朔也不相合。據通行的說法，夷王五年是前 881 年，該年九月張表是辛丑（38）朔，錯月是辛未（8）朔，辛未距甲戌（11）朔含當日也有四日之差，與五年師事簋銘文所記曆日也不合曆。前 881 年九月，董譜是庚午（7）朔，庚午距甲戌（11）朔含當日相差五日，同樣不合曆。這就是說，師事簋兩器銘文所記曆日不合夷王時期的曆朔。

厲王元年是前 878 年，該年四月張表是丙戌（23）朔，與據銘文所記曆日推算的壬寅（39）至乙巳（42）朔顯然不合曆。厲王五年是前 874 年，該年九月張表是庚寅（27）朔，董譜同，庚寅（27）距甲戌（11）含當日有十七日之差，顯然也不合曆，說明師事簋銘文所記並非厲王世的曆朔。

以上從曆法的角度比勘懿王、夷王和厲王三個王世的曆朔，結果皆不合曆。筆者還比勘過宣王之世相應年份的曆朔，結果也不合曆（比勘過程從略）。

前之學者研究認爲，元年師事簋銘文所記曆日與五年師事簋銘文所記曆日不相銜接，所以有學者把二器分置於兩個王世。對此，我們應該進行演算和驗證，看是否屬實。

從元年四月既生霸（在甲寅前的庚戌至癸丑之間）排比干支表，到五年九月既生霸如果干支是壬午（19）或近似者（因爲中間至少有二個閏月），則表明兩器所記曆日相銜接。排比的結果，到五年九月或者是癸未（20）朔，或者是

壬子（49）朔，如果有三個閏月那就是壬午（19）朔，與銘文一致。在這大約五年間，曆法可能並不完全是大小月相間的，有連小月，或三個閏月，所以兩器銘文所記的曆日呈現出基本銜接的狀況，可看作是同一王世之器。因此，只要同時符合元年四月朔日是壬寅、癸卯、甲辰或乙巳中的某一日，五年九月朔日是甲戌（11）或近似者這兩個條件，就可以基本確定兩器所屬的時代。

據此比勘張表和董譜，前948年四月，張表是壬寅（39）朔，符合元年師事簋銘文所記四月朔日在壬寅、癸卯、甲辰或乙巳中的某一日。退後五年是前944年，該年九月張表是丁丑（14）朔，比銘文甲戌（11）朔早三日，近是。董譜是丙子（13）朔，比銘文甲戌朔早二日，合曆。前948年是本文據伯呂盨、五祀衛鼎和九年衛鼎銘文所推共王元年，前944年是共王五年。元年師事簋銘文所記四月的曆日與伯呂盨銘文所記共王元年六月的曆朔也相銜接；五年師事簋銘文所記曆日與五祀衛鼎銘文所記共王五祀正月的曆朔也基本銜接。在共王元年至共王五年九月的這大約五年間，曆法可能並不完全是大小月相間的，有連大月，連小月，或三個閏月，所以，曆法呈現出基本相銜接的狀況。因此，本文定元年師事簋和五年師事簋屬於共王時器。共王元年是前948年。

參考文獻

〔1〕郭沫若：《長安縣張家坡銅器群銘文匯釋》，《考古學報》1962年第1期。吳鎮烽：《商周青銅器銘文暨圖象集成》第12冊第43頁，上海古籍出版社2012年。

〔2〕葉正渤：《略論西周銘文的紀時方式》，《徐州師範大學學報》哲社版2000年第3期。

〔3〕陳夢家：《西周銅器斷代》第204頁，中華書局2004年版。

〔4〕馬承源：《商周青銅器銘文選》第199、186頁，文物出版社1988年。

〔5〕葉正渤：《金文標準器銘文綜合研究》第240頁，線裝書局2010年。

六年宰獸簋銘文

1997年7月二次出土於陝西省扶風縣段家鄉大同村，1997年8月由陝西省周原博物館征集到。侈口束頸，鼓腹，一對獸首珥，圈足連鑄方座，蓋面隆起，上有圈形捉手。捉手外和蓋沿均飾雲雷紋襯底的變形獸體紋，蓋上和腹部飾覆瓦紋，圈足和頸部飾獸目交連紋。方座四壁也飾獸目交連紋，以雲雷紋襯底。（《圖象集成》12-152）蓋內鑄銘文12行，共129字。[1] 宰獸簋銘

文是記錄西周冊命制度最完整的銘文之一。

銘文

參考釋文

唯六年二月初吉甲戌，王才（在）周師錄宮。①旦，王各（格）大
（太）室，即立（位）。嗣（司）土烮（榮）白（伯）右（佑）宰
獸內（入）門立中廷，北鄉（向）。②王乎（呼）內史尹中（仲）冊
命宰獸曰：「昔先王既命女（汝），今余（余）唯或（又）鬸臱（申
就）乃命，更乃且（祖）考事。③欰（攝）嗣（司）康宮、王家、
臣妾、夏（僕）章（庸），外入（內）母（毋）敢無酬（聞）曆（知）。
④易（錫）女（汝）赤市、幽亢、麬（攸）勒，用事。」⑤獸捧（拜）
頴首，敢對鬙（揚）天子不（丕）顯魯休命，用乍（作）朕剌（烈）
且（祖）幽中（仲）、益姜寶金毀（簋）。⑥獸其邁（萬）年子₌孫₌
永寶用。

考釋

① 唯六年二月初吉甲戌，初吉是初一朔，干支是甲戌（11），則某王六年二月是
甲戌朔。師錄宮，位於周的宮室名，周天子常在這裡處理朝政。周師彔宮之

名也見於師晨鼎、師艅簋、諫簋、四年瘐盨等器銘文。

② 嗣土，即司土，亦稱司徒，西周職官名。相傳堯、舜時已設置，主管教化民眾和行政事務，為六卿之一，或稱大司徒，相當於後世的宰相。榮伯，人名，擔任司徒之職，為王室執政大臣之一。佑，儐佑，導引者。宰，官名。獸，從單從犬。銘文是人名，擔任宰之職。太宰或宰輔，為百官之首，而宰獸則可能是擔任管理康宮事務的長官。

③ 內史，西周職官名。尹中（仲），人名，擔任內史之職。內史常奉王命策命臣下，金文又稱作冊內史，或內史尹。尹，世襲職官，或稱尹氏，是作冊、內史之長。《詩・小雅・節南山》：「赫赫師尹，民具爾瞻」，師尹就是太師、尹氏的簡稱。尹氏在西周時一直是高官，到西周末世尤為重要。余，周天子自稱。唯，語氣詞，含有強調的意味。或，義同又。䛊豪（申就）乃命，再次重申對你的任命。類似的句子也見於牧簋、鄡簋等器銘文。更，讀作賡，續也。乃，你。祖考，祖父和父親。事，所任之職事。西周實行世襲制，由銅器銘文亦可得到證實。

④ 欸嗣，欸，從欠從韭，字書所無，其造字理據不明，學者頗多爭議，今取郭沫若的解釋，讀作攝；攝司，職掌、負責，金文中常見，如諫簋、師克盨、毛公鼎、伊簋等器銘文，語句也類似。如伊簋銘文：「王呼命尹封冊命伊：『覼（攝）官嗣（司）康宮王臣妾、百工，易（錫）女（汝）赤市（韍）、幽黃（衡）、綣（鸞）旂，攸（鋚）勒。用事。』」

康宮，位於成周的康宮，康宮不是康王之廟。銘文中最早出現「康宮」一詞是矢令方彝，銘文曰：「甲申，明公用牲於京宮。乙酉，用牲於康宮。咸。既用牲於王，明公歸自王。」郭沫若、陳夢家等學者定矢令方彝屬於成王時器。成王是康王之父，所以康宮未必就是康王之廟，康宮乃是西周初年建的一座規模較大的建築群。之所以名其宮曰康宮，康者，寧也、安也、樂也、宏大也。《爾雅・釋詁》：「康，樂也。」《詩・唐風・蟋蟀》「無已大康」，《周頌》「迄用康年」。又《爾雅・釋詁》：「康，安也。」《書・益稷》「庶事康哉」，《洪範》「五福，三曰康寧。」又《爾雅・釋宮》：「五達謂之康，六達謂之莊。」《疏》引孫炎曰：「康，樂也，交會樂道也。」《釋名》：「五達曰康。康，昌也，昌盛也，車步併列並用之，言充盛也。」《列子・仲尼篇》「堯遊於康衢。」康衢，猶言康莊大道也。《諡法》：「淵源流通曰康，溫柔好樂曰康，令民安樂曰康。」所以，康宮者，美其宮室之謂也。

王家、臣妾、夏（僕）章（庸），服役於康宮中的王室男女奴僕。金文中的

臣、妾、僕、庸，都是指男女奴隸。外內，猶言內外，指王室內外諸事。母，讀作毋，毋敢，猶言不敢、不得。聞知，《說文》：「知聞也。從耳門聲。」段注：「往日聽，來日聞。《大學》曰『心不在焉，聽而不聞。』引申之爲令聞廣譽。」《正字通》：「凡人臣奏事於朝曰聞。」

⑤ 赤市，即赤韍，祭祀時用的紅色蔽飾。幽亢，即幽珩，黑色玉佩。敭，從攴從易，根據其他銘文辭例，當讀作敭（攸）勒，馬爵子、馬籠頭。用事，用於所司之職事。

⑥ 魯休命，美好的賞賜和任命，魯也有美好的意思。烈祖，威烈的先祖，溢美之詞。幽仲，人名，爲伯訇之父，獸的祖先，西周中期人。益姜，幽仲之妻，獸的烈祖母。

匥，應從匚金聲，字書所無，《說文》：「匚，受物之器。象形。」或是《說文》從匚贛聲，訓爲「小桮也」的籠字的初文，讀作 gàn。匥毀，指某種器皿，代指食器。

王世與曆朔

羅西章認爲：「從簋的形制、紋飾和銘文及涉及的人名看，筆者認爲定在夷王六年比較合適。」張懋鎔定夷王六年爲前 885 年。[2] 或以爲共王時器。

銘文「唯六年二月初吉甲戌」，初吉，月相詞語，指初一朔，則某王六年二月是甲戌（11）朔。經過比勘，本器銘文所記曆日與幽王六年、宣王六年、厲王六年二月的曆朔皆不合。夷王在位年數不明確，夷王元年是何年也不明確。張懋鎔定夷王六年爲前 885 年，該年二月張表是戊辰（5）朔，戊辰（5）距銘文二月初吉甲戌（11）含當日相差七日，根本不合曆。董譜是丁卯（4）朔，距甲戌（11）含當日相差八日，亦不合曆。這種情況也許說明夷王六年根本就不是前 885 年，或者本器銘文所記曆日不是夷王六年二月的紀時。

筆者近日推得共王元年是前 948 年，則共王六年就是前 943 年。該年二月張表是甲辰（41）朔，董譜同，錯月是甲戌（11）朔，與銘文完全合曆。排比干支表，六年宰獸簋銘文所記曆日與五祀衛鼎銘文所記曆日完全銜接。比勘張表和董譜，六年宰獸簋銘文所記曆日與筆者所推夷王、孝王、懿王六年二月的曆朔皆不合，可見六年宰獸簋銘文所記曆日符合共王六年即前 943 年二月的曆朔。

本器銘文的某些語句及賞賜之物與西周中晚期的某些銘文很相似，如伊簋

銘文：「王呼命尹封冊命伊：『釟（攝）官嗣（司）康宮王臣妾、百工，易（錫）女（汝）赤市（韍）、幽黃（衡）、絲（鸞）旂，攸（鋚）勒。用事。』」可見它們的時代相距也不會太久遠，伊簋銘文所記曆日符合屬王二十七年正月的曆朔。

參考文獻

〔1〕羅西章：《宰獸簋銘略考》，《文物》1998 年第 8 期。
〔2〕張懋鎔：《宰獸簋王年試說》，《文博》2002 年第 1 期。

齊生魯方彝蓋銘文

齊生魯方彝蓋，1981 年春陝西岐山縣祝家莊公社宮裏大隊流龍嘴村西出土。器身未見。蓋內鑄銘文 48 字，重文 2。[1]

銘文

參考釋文

隹（唯）八年十又二月初吉丁亥，齊生魯肇賣（賈）休多贏，①隹（唯）朕文考乙公永啟余魯。②用乍（作）朕文考乙公寶障（奠）彝，魯其萬年子₌孫₌永寶用。③

考釋

① 唯八年十又二月初吉丁亥，初吉是初一朔，則某王八年十二月是丁亥（24）朔。齊生，作器者魯之字。肇，始也。竈鼎銘文「竈肇從趞征」，《康誥》「用肇造我區夏越我一二邦」，均可證。賣，或釋作賦，或讀作價，李學勤釋作「賈」，指經商。本句意指齊生魯始行貿易之事。休，善也。多贏，猶言多利。

② 文考乙公，齊生魯之亡父名乙公。永，長也、久也。啓，開啓、開導。余，我。魯，齊生魯自稱。余魯，猶言我魯。魯的本義是魯鈍、愚拙，銘文中經常作形容詞，有嘉美、善之義。

③ 隣，聞一多、陳夢家皆讀作奠，祭也，可從。彝，彝器，古代盛酒的器具，也指宗廟裏常年供放的祭器。《說文》：「彝，宗廟常器也。」

王世與曆朔

或以爲是共王時器，或以爲是孝王時器。銘文：「唯八年十又二月初吉丁亥」，初吉是初一朔，則某王八年十二月是丁亥（24）朔。共王在位多少年？至今不明確。共王元年是何年？同樣也不明確。通行的說法定前 922 年爲共王元年，則共王八年是前 915 年。[2] 該年十二月張表是丁亥（24）朔，董譜同，與銘文所記曆日完全相合。但是，僅根據一篇銘文的曆日記載比勘相合是不能說明問題的，至少應該有幾件銘文所記曆日同時符合才能有說服力。

筆者曾推共王元年爲前 948 年，則共王八年就是前 941 年。該年十二月張表是戊午（55）朔，董譜同，錯月又早一日相合。張表閏月是戊子（25）朔，張表早一日合曆。[3]

孝王在位多少年？至今不明確。孝王元年是何年？同樣也不明確。目前通行的說法定前 891 年爲孝王元年，孝王在位總共是六年。而銘文言「唯八年十又二月初吉丁亥」，所以容不下齊生魯方彝銘文的八年。筆者近推孝王元年是前 901 年，則孝王八年便是前 894 年。該年十二月張表是甲申（21）朔，甲申距銘文十二月丁亥（24）朔含當日相差四日，顯然不合曆。董譜是乙酉（22）朔，乙酉距丁亥含當日相差三日，近是。

本篇銘文除了曆日記載而外，其他可資利用的信息很少。銘文「唯朕文考乙公永啓余魯，用作朕文考乙公寶奠彝」，齊生魯稱其亡父爲文考乙公。文考乙公之稱也見於史牆盤銘文，「文考乙公屯無諫，蕙嗇戈唯辟」。牆盤學術

界認爲屬於共王時器，筆者認爲應當屬於穆王時器，且史牆盤銘文言「天子眉壽無害」，可見此時穆王年事已高，齊生魯方彝蓋與之年代應相近。所以，齊生魯方彝蓋銘文所記曆日當是共王八年十二月的。筆者以前曾據張長壽所論將齊生魯方彝蓋定爲孝王時器，現在看來應予以糾正。[4]

參考文獻

〔1〕祁健業：《岐山縣博物館近幾年征集的商周青銅器》，《考古與文物》1984 年第 5 期。

〔2〕夏商周斷代工程專家組：《夏商周斷代工程 1996～2000 年階段成果概要》，《文物》2000 年第 12 期。

〔3〕葉正渤：《金文標準器銘文綜合研究》第 145～153 頁，線裝書局 2010 年。

〔4〕葉正渤：《金文標準器銘文綜合研究》第 183～184 頁，線裝書局 2010 年。

九年衛鼎銘文

1975 年陝西省岐山縣董家村西周 1 號窖藏與廿七年衛簋、五年衛鼎、三年衛盉同時出土。器形、紋飾與五祀衛鼎全同。柱足，折口沿，立耳，腹部下垂而外侈，器腹較淺。口沿下裝飾一周雷紋塡底的竊曲紋。鼎腹內壁鑄銘文 19 行 191 字，重文 1，合文 3。[1]

銘文

參考釋文

隹（唯）九年正月既死霸庚辰，王才（在）周駒宮，各（格）廟。①眉敖者膚爲吏（使），見（覲）於王₌大黹（致）。②矩取眚（省）

車、較、桼（幀）靣、虎𡩙（幠）、希偉（幃）、畫轉、爻（鞭）、帀韅、帛轡乘、金麃（鑣）鑃（鋞）。③舍矩姜帛三兩，乃舍裘衛林𣎜里。④叡！㽙（厥）隹（惟）䪞（顏）林。⑤我舍䪞（顏）陳大馬兩，舍䪞（顏）姒𡃉㳑，舍䪞（顏）有嗣（司）壽商𧱏（貂）裘、盠𡩙（幠）。⑥矩乃眔（及）灜舜令壽商眔（及）𪚔（意）曰：「顜（構）。」⑦湄（履），付裘衛林𣎜裏，則乃成夆（封）四夆（封），䪞（顏）小子具（俱）叀（惟）夆（封），壽商𨭖，舍盠冒𣏂（梯）𧘇皮二、丒（選）皮二、𤳙（業）舄甬（箭）皮二，胐帛，金一反（鈑），㽙吳喜（犉）皮二，舍灜𧰼（貜）𡩙（幠），㜏桼（幀）鞻靣（軛），東臣羔裘，䪞（顏）下（猏）皮二眔受。⑧衛小子𡧘逆者，其倗（傔），衛臣虢胐。⑨衛用乍（作）朕文考寶鼎，衛其萬年永寶用。

考釋

　　本篇銘文冷僻字很多，主要涉及器物名稱等。茲參考《發掘簡報》和前之學者的考釋加以隸定和考釋。

① 唯九年正月既死霸庚辰，既死霸，月相詞語，太陰月的二十三日，干支是庚辰（17），則某王九年正月是戊午（55）朔。周，銘文單言周，指位於雒邑西北二十里地的王城。朱駿聲在其《尚書古注便讀·洛誥》下注：「所謂成周，今洛陽東北二十里，其故城也。王城在今洛陽縣西北二十里，相距十八里。」又在《君陳》篇下按曰：「成周，在王城近郊五十里內。天子之國，五十里為近郊，百里為遠郊。今河南河南府洛陽縣東北二十里為成周故城，西北二十里為王城故城。」[2] 周駒宮，位於雒邑王城的駒宮。駒宮，宮名。廟，廟室。

② 眉敖，方國名，亦見於乖伯簋銘文，曰：「唯王九年九月甲寅，王命益公征眉敖，益公至，告（誥）。二月，眉敖至，見，獻貴（賦）。」者膚，眉敖的使者名。吏，讀作使，派也。見，可讀作覲，覲見。「王」下有重文號。大𦥑，唐蘭曰：「𦥑，應讀為致，𦥑、致音相近。《儀禮·聘禮》記諸侯的使者聘問時，主人方面由卿去致館，安排住所，準備筵席，並送糧食柴薪等。大致是舉行隆重的致館禮。」[3]

③ 矩取𥄑（省）車，唐蘭曰：「矩當是被命為致館的卿，所以要向裘衛取車。《爾雅·釋詁》：『省，善也。』石鼓文說：『省車載行。』省車應是好車。」以下是車上的各種飾物。

④ 舍，施也，施予、賜予。矩姜，當是矩的夫人姜氏。廼，乃也。晉，或釋作晉的異體；林晉里，疑是矩所賜之地，當是地名。

⑤ 叔，發語詞。唯，在此處含有強調的語氣。顲，字書所無，應是人名。

⑥ 「我舍」以下是人名或物名，字多為字書所無。

⑦ 顜，讀作構，成也。

⑧ 湄，或隸作履，勘查。以下是矩賜給諸人的物品，可參考唐蘭的注解。

⑨ 𡩜，從宀從夒，字書所無，或釋作寬，衛小子名。逆，迎接。者，讀諸。䢔（儌），送（禮物）。虤，從弓從虎，字書所無，是衛臣名，或釋作虣（bào）。朏（fěi），本指月初出，《說文》：「月未盛之明，從月出。」《釋名》：「朏，月未成明也。」銘文是人名。

王世與曆朔

學界或以為共王時器，或以為懿王時器，或以為夷王時器。銘文「唯九年正月既死霸庚辰」，既死霸是二十三日，干支是庚辰（17），則某王九年正月是戊午（55）朔。現比勘驗證以上諸說，看結果如何。

目前比較通行的說法認為共王元年是前922年，則共王九年是前914年。該年正月張表是丁巳（54）朔，丁巳距銘文正月戊午（55）朔遲一日合曆。董譜是丙辰（53）朔，遲二日合曆。筆者推得共王元年是前948年，則共王九年是前940年。張表該年正月是丁巳（54）朔，遲一日合曆；董譜是丁亥（24）朔，錯月是丁巳（54）朔，錯月又遲一日合曆。

通行的說法認為懿王元年是前899年，則懿王九年是前891年。該年正月張表是壬申（9）朔，董譜同，壬申（9）距戊午（55）含當日相差十五日，顯然不合曆。且通行的說法認為懿王在位是八年，容不下銘文「唯九年正月既死霸庚辰（17）」之日曆。

通行的說法認為夷王元年是前885年，夷王在位八年，因此，也容不下「唯九年正月既死霸庚辰（17）」之日曆。

比勘張表和董譜，九年衛鼎銘文所記曆日只符合共王九年正月的曆朔，不符合通行的說法以及筆者所推共王以外其他各王相應年月的曆朔。結合器形紋飾，尤其是器形與共王時其他鼎的形制幾乎完全相同，因此筆者亦定其為共王時器，共王元年是前948年。

參考文獻

〔1〕龐懷清，鎮烽，忠如，志儒：《陝西省岐山縣董家村西周銅器窖穴發掘簡報》，《文物》1976 年第 5 期。

〔2〕朱駿聲：《尚書古注便讀》點校本第 144、182 頁，花木蘭文化出版社 2013 年版。

〔3〕唐蘭：《陝西省岐山縣董家村新出西周重要銅器銘辭的譯文和考釋》，《文物》1976 年第 5 期。

十五年趞曹鼎銘文

傳世有七年趞曹鼎和十五年趞曹鼎二件器。斂口立耳，窄口沿，三柱足內側平直，淺垂腹，下腹向外傾垂，底近平。口下飾垂冠回首尾下垂作刀形的夔紋一周。造形與五祀衛鼎相同。腹內壁鑄銘文 57 字。（《圖象集成》5-260）「敢對曹」3 字，郭沫若說是衍文。

銘文

參考釋文

隹（惟）十又五年五月既生霸壬午，龔（恭）王在周新宮，王射於射盧（廬）。①史趞曹易（錫）弓矢虎盧九（ 甹）、胄、丑（干）、殳。②趞曹敢對，曹拜稽首，敢對揚天子休，用作寶鼎，用鄉（饗）倗眘（朋友）。③

考釋

① 惟十又五年五月既生霸壬午，既生霸，月相詞語，太陰月的初九，干支是壬
午（19），則共王十五年五月是甲戌（11）朔。龔王，即文獻裏的恭王，或作
共王，穆王之子。共王王號是生稱。周，銘文單言周，指位於雒邑西北二十
里地的王城。朱駿聲在其《尚書古注便讀・洛誥》下注：「所謂成周，今洛陽
東北二十里，其故城也。王城在今洛陽縣西北二十里，相距十八里。」又在
《君陳》篇下按曰：「成周，在王城近郊五十里內。天子之國，五十里爲近郊，
百里爲遠郊。今河南河南府洛陽縣東北二十里爲成周故城，西北二十里爲王
城故城。」新宮，當指新建的供奉穆王神主的宮室。盧，讀作廬；射廬，《說
文・广部》：「廬，廡也。」宮中天子習射的建築物，類似大棚，有頂無壁。
師湯父鼎銘文：「王在周新宮，在射廬。」說明新宮建成爲時不久，不過十數
年。

② 史，職官名。趙曹，人名，擔任史之職。易，讀作錫，賜也。虎盧，即虎櫓，
蒙虎皮的大盾。丸，讀作叴或厹，古代兵器，三鋒矛。胄，甲胄。丮，讀作
干，盾也。《三海經》記載刑天舞干戚的故事，干是盾牌，戚是斧頭。殳，八
角楞形有長柄的一種兵器。《說文》：「殳以積竹，八觚，長丈二尺，建於兵車，
旅賁以先驅。」此時共王在射廬習射，史趙曹侍射，故賜之以弓矢虎盧等兵
器。

③ 郭沫若說，「敢對曹」三字爲衍文。其實也讀得通，並不嫌重複累贅。鄉，讀
作饗，宴饗。倗眘，讀作朋友。

王世與曆朔

　　吳其昌曰：「厲王十五年（前 864 年）五月小，壬辰朔；既生霸十一日得壬
寅。與曆譜合。」又按：「孝王十五年，五月小，壬辰朔；與厲王十五年偶同。
但此器文字爲厲王體，非孝王體也。」[1] 吳其昌把十五年趙曹鼎銘文既生霸壬
午（銘文字跡不太清楚）當作壬寅（39），又將本器列爲厲王十五年。下面驗證
一下吳其昌之說，看究竟是否合曆。

　　銘文「惟十又五年五月既生霸壬午」，筆者經多年研究，認爲既生霸是月相
詞語，指太陰月的初九。銘文既生霸是壬午（19），初九，則厲王十五年五月是
甲戌（11）朔。厲王十五年是前 864 年，該年五月張表是甲午（31）朔，董譜
同，甲午距銘文甲戌朔含當日相差二十一日，根本不合曆。吳其昌把十五年趙

曹鼎銘文既生霸壬午當作壬寅（39），既生霸是初九，則共王十五年五月是甲午（31）朔，張表、董譜皆是甲午（31）朔，完全合曆。但是，銘文明言「龔（共）王在周新宮，王射於射廬」，可見共王是生稱。本器的形制與共王時其他鼎的形制相同，柱足，折口沿，立耳，腹部下垂而外侈，器腹較淺。口沿下裝飾一周雷紋填底的竊曲紋，則此器必爲共王時器物。筆者在《金文標準器銘文綜合研究》一書中將其列爲共王時的標準器之一，應該是可信的，[2] 而吳其昌厲王之說不可信。

馬承源說：「恭王十五年五月既生霸壬午日，據曆朔順次推算，恭王十五年爲公元前九五四年，五月丁丑朔，六日得壬午。按一月四分月相說爲先天，但此應視爲當時的實際情形。」[3]

下面也來驗證一下馬承源的說法。前 954 年五月，張表是丁丑（14）朔，丁丑距銘文五月甲戌（11）朔含當日相差四日，不合曆。董譜是丙午（43）朔，錯月是丙子（13）朔，距甲戌（11）含當日相差三日，近是。馬承源說「恭王十五年爲公元前九五四年，五月丁丑朔，六日得壬午」，既生霸不可能是太陰月的初六，即使曆先天也不至於含當日超辰三日以上，那樣的曆法極不準確，實際上是無法使用的。

郭沫若《大系考釋》以爲塱簋銘文中也有「新宮」一詞，「年月日辰與趨曹鼎第二器無牾」，遂將塱簋也安排在共王之世。陳夢家又從字體、文例和賞賜方面證成其說。[4] 我們來驗證一下，看情況如何？塱簋銘文：「惟十又三年六月初吉戊戌」，初吉是初一朔，則共王十三年六月是戊戌（35）朔；十五年趨曹鼎銘文「唯十又五年五月既生霸壬午（19）」，既生霸是初九，則共王十五年五月是甲戌（11）朔。從十三年六月初吉戊戌朔到十五年四月晦日正好是 23 個月整，則十五年五月朔日所逢的干支理論上應該是：

（59×11+30）÷60=11……19，59 表示一個大月加上一個小月的天數之和，60 表示干支數，餘數 19 表示四月晦日所逢的干支序，再加上 1 就是五月朔日所逢的干支，20 是癸未。

就是說，從十三年六月初吉戊戌（35）朔，根據日差法計算到十五年五月應該是癸未（20）朔。但是根據十五年趨曹鼎銘文所記五月既生霸壬午（19）推算，五月是甲戌（11）朔，與癸未（20）相差 9 日，表明塱簋和十五年趨曹鼎銘文所記年月日辰並不相銜接。

　　筆者所推共王十三年是前 936 年，該年六月張表是壬辰（29）朔，董譜是辛卯（28）朔，與望簋銘文六月戊戌（35）皆不合曆。比勘的結果，望簋銘文所記曆日符合孝王十三年六月的曆朔。參閱《望簋銘文曆朔研究》。

　　但是，銘文明言「惟十又五年五月既生霸壬午，龔（共）王在周新宮，王射於射盧（廬）。」說明共王是生稱，而非死諡，十五年趞曹鼎確實屬於共王世器物。這就是說，十五年趞曹鼎銘文所記曆日只能與共王世的曆表和曆譜進行比勘對照，看是否合曆。

　　筆者曾運用數器共元年的推算方法，推算共王元年的具體時間。具體做法如下，將根據其他信息認為屬於共王世的伯呂盨、五祀衛鼎、七年趞曹鼎、八祀師䰧鼎、齊生魯方彝蓋、九年衛鼎和十五年趞曹鼎等器所記曆日，先推算出這些銘文相應月份的朔日干支，然後再與張表、董譜進行比勘對照，只要基本合曆，就可以得到一個共王元年的具體年份。

　　伯呂盨：唯王元年六月既眚（生）霸庚戌（47），則某王元年六月是壬寅（39）朔。

　　五祀衛鼎：唯正月初吉庚戌（47），則共王五祀正月是庚戌（47）朔。

　　七年趞曹鼎：唯七年十月既生霸，既生霸之後無干支記載，所以這一條無直接作用。

　　八祀師䰧鼎：唯王八祀正月，辰在丁卯（（4），則共王八祀正月有丁卯（4）日。

　　齊生魯方彝蓋：唯八年十又二月初吉丁亥，則共王八年十二月是丁亥（24）朔。

　　九年衛鼎：唯九年正月既死霸庚辰（17），則共王九年正月是戊午（55）朔。

　　十五年趞曹鼎：唯十又五年五月既生霸壬午（19），則共王十五年五月是甲戌（11）朔。

　　這種做法是採用人類遺傳基因 DNA 檢測方法，反覆比勘上述幾個數據，查檢同時符合上述幾件器銘文曆日記載的年份，比勘驗證的結果，發覺只有前 948 年這個年份同時符合以上若干數據，所以，將前 948 年確定為共王元年。現將比勘的情況列表如下：

王年	前 948 年（銘文）	張表	董譜	比勘結果
元年	前 948 年六月壬寅（39）朔	辛丑（38）	辛未（8）	銘文早一日合曆
五年	前 944 年正月庚戌（47）朔	庚辰（17）	庚辰（17）	銘文錯月合曆
八祀	前 941 年正月甲子（1）朔	癸巳（30）	癸巳（30）	錯月遲一日合曆
八年	前 941 年十二月丁亥（24）朔	戊午（55）	戊午（55）	錯月遲一日合曆，
	（張表閏月是戊子（25）朔，銘文錯月遲一日合曆。）			
九年	前 940 年正月戊午（55）朔	丁巳（54）	丁亥（24）	銘文早一日合曆
十五年	前 934 年五月壬午（19）朔	庚辰（17）	庚辰（17）	矯正後早二日合曆

　　十五年趞曹鼎銘文「唯十又五年五月既生霸壬午」，既生霸是初九，干支是壬午（19），則五月是甲戌（11）朔。前 934 年五月張表和董譜皆是庚辰（17）朔，庚辰距甲戌含當日相差七日，不合曆。但是十五年趞曹鼎肯定屬於共王十五年器，這是沒有疑問的。比勘其他幾件器物銘文所記曆日，與張表和董譜皆基本合曆，唯有十五年趞曹鼎銘文不合曆。從甲戌到壬午含當日相差九日，這給筆者一定的啟示，即：十五年趞曹鼎銘文很可能是「五月初吉壬午」之誤記。銘文把「初吉」誤記成「既生霸」了，或許是「唯十又五年五月初吉壬午」，這樣銘文壬午（19）朔比曆表、曆譜庚辰（17）朔含當日早三日，基本合曆。比勘望簋銘文所記曆日，不符合共王十三年六月的曆朔，說明望簋不屬於共王世。而吳其昌懷疑十五年趞曹鼎銘文所記是「十五年六月既生霸壬寅」，屬於干支誤記，或拓片不清晰被人們誤釋。筆者經過比勘推算，覺得吳說也不對，干支還應是壬午，是月相詞語誤記了。

附：七年趞曹鼎銘文

　　唯七年十月既生霸，王在周般宮。旦，王各大室。井伯入右趞曹立中廷，北向，易趞曹載市、冏黃、鸞。趞曹拜首，敢對揚天子休。用作寶鼎，用饗朋友。

　　銘文「十月既生霸」之後可惜未記干支，所以，只知道是十月既生霸這一天，而不知該日所逢的干支，因此無法推算其朔日干支。據伯呂盨、五祀衛鼎、九年衛鼎等器銘文所記曆日與張表、董譜比勘驗證，共王元年是前 948 年，共王七年就是前 942 年。該年十月張表是甲子（1）朔，董譜同，則七年趞曹鼎銘文「十月既生霸」應該是是壬申（9）。

　　另外，筆者又將前 948 年作爲共王元年來與穆王世的七件銅器銘文所記曆日進行比勘驗證，發現把前 948 年作爲共王元年是比較可靠的。按照傳世文獻的記載，穆王在位五十五年，已知共王元年是前 948 年，則穆王元年就是前 1003 年。學界以及筆者多認爲師虎簋是穆王元年器，吳方彝蓋、趞觶是穆王二祀器，親簋是穆王二十四年器，二十七年衛簋是穆王二十七年器，虎簋蓋是穆王三十年器。比勘驗證的結果如下：

　　師虎簋銘文「唯元年六月既瑩甲戌（11）」，既望，月相詞語，太陰月的十四日，則穆王元年六月是辛酉（58）朔。根據穆王元年是前 1003 年的看法，該年六月張表是庚寅（27）朔，錯月是庚申（57）朔，銘文六月辛酉（58）朔比庚申早一日合曆。董譜是庚申（57）朔，早一日合曆。這絕不是一種巧合吧。

　　吳方彝蓋銘文「唯二月初吉丁亥，……唯王二祀」，初吉，月相詞語，初一朔，則穆王二祀二月是丁亥（24）朔。根據穆王元年是前 1003 年推算，則穆王二年是前 1002 年。該年二月張表是丁巳（54）朔，董譜同，錯月是丁亥（24）朔，與銘文二月初吉丁亥相合。

　　趞觶銘文「唯三月初吉乙卯（52）……唯王二祀」，初吉是初一朔，則穆王二祀三月是乙卯（52）朔。穆王二祀是前 1002 年，該年三月張表是丙戌（23）朔，董譜同，錯月是丙辰（53）朔，銘文乙卯（52）比丙辰遲一日合曆。

　　親簋銘文「唯廿又四年九月既望庚寅（27）」，既望，月相詞語，太陰月的十四日，則穆王二十四年九月是丁丑（14）朔。根據穆王元年是前 1003 年推算，則穆王二十四年是前 980 年，該年九月張表是是丙子（13）朔，比銘文丁丑（14）朔遲一日相合。董譜是乙亥（12）朔，比銘文丁丑朔遲二日合

曆。這正證明親簋的確如某些學者所說是穆王二十四年時器。

衛簋銘文「惟廿又七年三月既生霸戊戌（35）」，既生霸是初九，則穆王廿又七年三月是庚寅（27）朔。根據穆王元年是前 1003 年推算，則穆王二十七年是前 977 年，該年三月張表、董譜皆是辛卯（28）朔，銘文庚寅（27）朔比辛卯（28）遲一日合曆。

斯盂，是新近公佈的器物。[5] 銘文「唯廿八年正月既生霸丁卯」，既生霸是初九，干支是丁卯（4），則穆王二十八年正月是己未（56）朔。穆王元年是前 1003 年，則穆王二十八年是前 976 年。前 976 年正月，張表是丁亥（24）朔，錯月是丁巳（54）朔，銘文正月己未（56）朔比張表錯月又早二日合曆。董譜該年正月是丙戌（23）朔，錯月是丙辰（53）朔，銘文錯月又早三日合曆，近是。這早二日或遲二日合曆的情況是曆先天或後天所致，正如十五的月亮有時十七圓一樣，是曆先天二日的結果，屬於正常現象。但是，將推算的結果與曆表曆譜比勘時，誤差如果達到或超過三日（含當日是四日），那就不準了，說明不合曆了。

虎簋蓋銘文「唯卅年三（四）月初吉甲戌（11）」，初吉，月相詞語，指初一朔，則穆王三十年四月是甲戌（11）朔。根據穆王元年是前 1003 年推算，則穆王三十年是前 974 年，該年四月張表正是甲戌（11）朔，與虎簋蓋銘文所記四月初吉甲戌完全吻合。董譜是癸酉（10）朔，比甲戌（11）遲一日合曆。說者或以為虎簋蓋之虎與師虎簋銘文中的師虎是同一個人，其實是同名異人。

由共王元年的前 948 年，進一步推出穆王元年是前 1003 年，並且得到師虎簋、吳方彝蓋、趩觶、親簋、衛簋和虎簋蓋六件銅器銘文所記曆日的驗證，可以說，這兩個王世的元年絕對年代是可靠的。同時也證明，傳世文獻關於穆王在位五十五年的記載也是可信的，筆者對月相詞語的理解同樣是可信的。據此，筆者以前所推西周厲王以前諸王元年的某些年份應作矯正。[6]

此外，查檢張表和董譜，前 933 年五月，張表是甲戌（11）朔，董譜同，與十五年趞曹鼎銘文所記曆日完全合曆。但是，據此推算共王元年是前 947 年，而不是前 948 年。如果據此調整共王元年的數據，則伯呂盨、五祀衛鼎和九年衛鼎等器銘文所記曆日又不合曆。總之，十五年趞曹鼎銘文所記曆日與伯呂盨、五祀衛鼎和九年衛鼎等器銘文所記曆日不相銜接。若不是銘文誤

記月相詞語，則很難排進共王時期的曆譜。

又有一件三十四祀盤（一名鮮簋），從銘文字體風格等方面來看也應該屬於穆王之世。但是，銘文所記曆日在與上述數據比勘時，發現含當日有四五日之差，並不相銜接。而趙光賢、何幼琦等人疑其爲僞銘，其說可參。參閱《三十四祀盤銘文曆朔》一節。

參考文獻

〔1〕吳其昌：《金文曆朔疏證》，《燕京學報》第 6 期，1929 年。

〔2〕葉正渤：《金文標準器銘文綜合研究》第 174 頁，線裝書局 2010 年。

〔3〕馬承源主編：《商周青銅器銘文選》，文物出版社出版，1988 年。

〔4〕郭沫若：《兩周金文辭大系圖錄考釋》80 頁，《郭沫若全集·考古編》第八卷，科學出版社 2002 年版；陳夢家：《西周銅器斷代》第 155～157 頁，中華書局 2004 年版。

〔5〕吳鎮烽、朱豔玲：《斷簋考》，《考古與文物》2012 年第 3 期。

〔6〕葉正渤：《金文月相紀時法研究》第 174 頁，學苑出版社 2005 年。

休盤銘文

休盤，直口，窄平沿，方唇，附耳高出器口，圈足外侈。腹飾雲雷紋塡地的獸體捲曲紋，圈足外侈，飾一道弦紋。內底鑄銘文 91 字，重文 2。

銘文

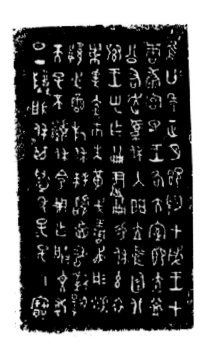

參考釋文

隹（唯）廿年正月既望甲戌，王在周康宮。①旦，王各大室，即立（位）。益公右（佑）走馬休入門，立中廷（庭），北向。②王乎（呼）乍（作）冊尹冊易（錫）休玄衣黹純、赤市朱黃（珩）、戈琱威彤沙厚必（柲）、彎（鑾）旗。③休拜頓（稽）首，敢對揚天子不（丕）顯休令（命），用作朕文考日丁隩（奠）盤。④休其萬年子₌孫₌永寶。

考釋

① 唯廿年正月既望甲戌，既望是十四日，干支是甲戌（11），則某王二十年正月是辛酉（58）朔。周康宮，周，銘文單言周，指位於雒邑西北二十里地的王城。朱駿聲在其《尚書古注便讀·洛誥》下注：「所謂成周，今洛陽東北二十里，其故城也。王城在今洛陽縣西北二十里，相距十八里。」又在《君陳》篇下按曰：「成周，在王城近郊五十里內。天子之國，五十里爲近郊，百里爲遠郊。今河南河南府洛陽縣東北二十里爲成周故城，西北二十里爲王城故城。」

康宮，銘文中最早出現「康宮」一詞是矢令方彝，銘文曰：「甲申，明公用牲於京宮。乙酉，用牲於康宮。咸。既用牲於王，明公歸自王。」郭沫若、陳夢家等學者定矢令方彝屬於成王時器。陳夢家說：「學者因見此器有康宮，以爲康王之廟，則器應作於康王之後。此說蓋不明於古代宮廟的分別。」又說：「宮與廟是有分別的。宮、寢、室、家等是生人所住的地方，廟、宗、宗室等是人們設爲先祖鬼神之位的地方。」是周王見臣工之所。[1] 但是，羅振玉、王國維等人認爲康宮乃是康王之廟，尤其是唐蘭力主康宮是康王之廟說，特地撰寫了《西周銅器斷代中的「康宮」問題》申辯自己的主張。[2] 此後，唐蘭的觀點遂爲大多數學者所接受，並成爲西周銅器銘文歷史斷代的一條重要標準。但是，後之學者也有人對「康宮」是康王之廟說提出質疑。例如杜勇、沈長雲在《金文斷代方法探微》一書中用了一章的篇幅來辨析之，提出「康宮」並非康王之廟，因爲矢令方彝屬於成王時器，成王時代是不可能有康王之廟的。認爲「康宮或康某宮的主要功能當爲周王的寢宮，以供時王居住並處理政務。」「康宮一名既可指成康以來的舊有建築，也可作爲總名涵括新宮之類的其他建築。」[3]

本文以爲，銘文中最早出現「康宮」一詞是西周成王時期的矢令方彝，成王是康王之父，所以康宮未必就是康王之廟，康宮乃是西周初年建的一座規模較大的建築群。之所以名其宮曰康宮，康者，寧也、安也、樂也、宏大也。《爾

雅·釋詁》：「康，樂也。」《詩·唐風》「無已大康」，《周頌》「迄用康年」。又《爾雅·釋詁》：「康，安也。」《書·益稷》「庶事康哉」，《洪範》「五福，三曰康寧。」又《爾雅·釋宮》：「五達謂之康，六達謂之莊。」《疏》引孫炎曰：「康，樂也，交會樂道也。」《釋名》：「五達曰康。康，昌也，昌盛也，車步併列並用之，言充盛也。」《列子·仲尼篇》「堯遊於康衢。」康衢，猶言康莊大道也。《諡法》：「淵源流通曰康，溫柔好樂曰康，令民安樂曰康。」所以，康宮者，康寧之宮也。銘文曰：「王在周康宮」，可見康宮位於雒邑西北二十里地的王城。

　　大室，或作太室、天室，原指天上星宿布列的位置，後指山名，即太室山，在河南省登封縣。《逸周書·度邑》：「王曰：『旦，予克致天之明命，定天保，依天室。』」《史記·周本紀》：「王曰：『定天保，依天室，悉求夫惡，貶從殷王受。』」所以，西周宗廟、明堂中央最大的一間稱大室，如前文銘文中的康宮、新宮等宮殿中央的一間廳室，是周天子頒佈政事或舉行祭祀的地方。

② 益公，人名，擔任儐相，此人也見於王臣簋銘文，曰：「唯二年三月初吉庚寅，王格於大室，益公入右（佑）王臣，即立中廷，北向，呼內史敿冊命王臣……」。有人說王臣簋是共王時器，但是與曆朔不合。本文推王臣簋是幽王時器，益公可能不是同一個人。走馬休，走馬是職官名，休是人名，擔任走馬之職。

③ 作冊，職官名。尹，人名，擔任作冊之職。易，讀作錫，賜也。玄衣，黑色的衣服；黹純，繡著花邊的衣服。赤市，紅色蔽飾。朱黃，即朱璜，紅色玉腰佩。戈琱威彤沙厚必（柲），戈柄上飾有紅色飾物。䜌旂，即鸞旗，繡有鸞鳳等圖案的旗幟。以上王所賞賜給休的品物，相類似的也見於袁盤、無叀鼎、此鼎、此簋、王臣簋、頌鼎、師奎父鼎銘文等，袁盤是屬王時期的標準器。

④ 丕顯，大顯，顯明。休令，美好的冊命。日丁，以十天干作為文考的廟號。隩，讀作奠，祭也，表器之用。盤，盛水器。

王世與曆朔

　　吳其昌曰：「穆王二十年正月大，戊午朔；既望十七日得甲戌，與曆譜合。余王盡不可通。按：此器銘文有『益公右走馬休入門』云云，與羌伯敦之『益公』字相同，然羌伯敦至是年，已八十七年矣。當是益公之子或孫也？又：此敦文字之體制氣韻，與遹敦全同；而遹敦，穆王時器也，則此敦之為穆王時器，得一旁證矣。」[4]吳其昌說「既望十七日得甲戌」，筆者根據銘文推得既望是

十四日，吳說既望十七日，故不可遽信。

銘文「唯廿年正月既望甲戌」，既望是十四日，干支是甲戌（11），則某王二十年正月是辛酉（58）朔。穆王元年是何年？穆王二十年又是何年？至今無定論。目前通行的說法定穆王元年為前 976 年，則穆王二十年是前 957 年。前 957 年正月張表是丙寅（3）朔，董譜同，丙寅距銘文辛酉（58）朔含當日相差六日，顯然不合曆。這說明要麼休盤銘文所記不是穆王二十年的曆朔，要麼穆王元年不是前 976 年，或者兩者都不是。

說者或以為共王時器。目前通行的說法以前 922 年為共王元年，共王在位 23 年，則共王二十年是前 903 年。該年正月張表是壬子（49）朔，董譜同，銘文辛酉（58）朔距壬子含當日相差十日，顯然不合曆。這說明休盤銘文所記不是共王二十年的曆朔，要麼共王元年不是前 922 年，或者二者都不是。

郭沫若將休盤置於宣王世。[5] 宣王二十年是前 808 年，該年正月張表是辛未（8）朔，董譜同，辛未距辛酉（58）含當日相差十一日，顯然不合曆。就是說，休盤銘文所記曆日不符合宣王二十年的曆朔。

厲王元年是前 878 年，厲王二十年則是前 859 年，該年正月張表是丁酉（34）朔，董譜同，丁酉距銘文辛酉（58）含當日相差二十五日，顯然也不合曆。筆者曾將休盤置於夷王時期。[6] 但近推夷王在位不足二十年，因此也不合適。

從厲王元年的前 878 年向前查檢張表和董譜，符合正月辛酉（58）朔或近似的有七個年份，其中前 889 年正月，張表是辛酉（58）朔，董譜同，完全合曆，則某王元年是前 908 年，且該年是近據走簋、無㠱簋、望簋銘文所推孝王元年，但孝王在位十五年，沒有二十年，所以也不適用。其餘六個年份都不是共有元年，所以也不適合。（過程略）

但是，根據銘文記王在周康宮，又有益公這個重要的人物，以及器形、紋飾和周王賞賜給休的品物等，將休盤看作共王時器應該無誤。但是，比勘銘文所記曆朔又不合曆，且繫聯其他紀年銘文與西周諸王世曆朔也皆不合，也就是說推不出一個共有元年。由此筆者推想，可能是銘文誤記干支了，即銘文「唯廿年正月既望甲戌」，可能是「唯廿年正月既望甲子」的誤記。因為在干支表上，甲子和甲戌是緊挨著的，史官看錯很有可能。如果是，既望是十四日，干支是

甲子（1），則某王二十年正月是辛亥（48）朔。本文據伯呂盨、五祀衛鼎和九年衛鼎銘文所記曆日推得共王元年是前 948 年，則共王二十年是前 929 年。該年正月張表是癸丑（50）朔，曆表比校正後銘文辛亥（48）朔早二日合曆。董譜是癸未（20）朔，錯月是癸丑朔，錯月又早二日合曆。這樣，休盤銘文不合曆的現象渙然冰釋，可能是休盤銘文把干支「甲子」誤記爲「甲戌」了，且休盤的確是共王二十年器。

為求穩妥和精確，筆者又將校正後的休盤銘文二十年正月辛亥（48）朔，與通行的說法以前 922 年爲共王元年相比勘，共王二十年是前 903 年，該年正月張表是壬子（49）朔，董譜同，校正後銘文辛亥（48）朔比壬子遲一日合曆。但前 922 年不是據其他銘文所記曆日推得的某王共有元年，這說明共王元年不是前 922 年，而是前 948 年。

參考文獻

〔1〕陳夢家：《西周銅器斷代》第 36 頁，中華書局 2004 年版。

〔2〕唐蘭：《西周銅器斷代中的「康宮」問題》，《考古學報》1962 年第 1 期，《古文字研究》第二輯。

〔3〕杜勇、沈長雲：《金文斷代方法探微》第 102、103 頁，人民出版社 2002 年版。

〔4〕吳其昌：《金文曆朔疏證》，《燕京學報》第 6 期，1929 年第 1047～1128 頁。

〔5〕郭沫若：《兩周金文辭大系圖錄考釋》第 321 頁，《郭沫若全集·考古編》卷八，科學出版社 2002 年。

〔6〕葉正渤：《金文標準器銘文綜合研究》第 190 頁，線裝書局 2010 年。

第六節　懿王時期

師詢簋銘文

師詢簋銘文最早著錄於宋代薛尚功的《歷代鐘鼎彝器款識法帖》，15 行 210 字，重文 2。原器已失，器形不詳，銘文亦只見摹本。（集成補：P2746，4342）據百度圖片網，保利藝術博物館藏有一件師詢簋。見下圖。可資參閱。

銘文

參考釋文

王若曰：「師訇（詢），不顯文、武雁（膺）受天令（命），亦鼺（則）於女（汝）。①乃聖且（祖）考，克專（輔）右先王乍（作）厥厷殳（肱股），用夾畾（召）厥辟奠大令（命），盨（謐）屙（穌）雩（於）政。②䇂（肆）皇帝亡（無）昊（斁），臨保我又（有）周，雩四方民亡（無）不康靜。」③王曰：「師訇（詢），哀才（哉）！今昊（旻）天叐（疾）畏（威）、降喪，□德不克斐（乂），古（故）亡丞（承）於先王。④鄉（向）女（汝）彶父恤周邦，妥（綏）立余小子，飙（載）乃事，隹（惟）王身厚鮾。⑤今余隹（惟）䰜寡（申就）乃令（命），令（命）女（汝）叀（惠）饔（雍）我邦小大猷，邦弘潰辥（乂），敬明乃心，徝（率）以乃友幹（捍）吾（御）王身，谷（欲）女（汝）弗以乃辟圅（陷）於囏（艱）。⑥睗（錫）女（汝）䵶（秬）鬯一卣，圭瓚（瓚），尸（夷）臣三百人。」⑦訇（詢）頜首，敢對揚天子休，用乍（作）朕刺且（列祖）乙白（伯）同益姬寶簋。⑧訇（詢）其儥（萬）囟（思）年，子=孫=永寶，用乍（作）川（州）宮寶。⑨隹（唯）元年二月既望庚寅，王各（格）於大室，焂（榮）內（入）右（佑）訇（詢）。⑩

考釋

① 王若曰：若，如此、這樣。師訇，一般隸作師詢，人名，師是職官名。陳夢家說：「師酉之父爲乙白，母爲姬……乙白、師酉、師詢爲祖孫三代，師酉與師詢是父子。師酉與師詢爲父子，故其官職世襲。」（245／2004）不顯，大顯。文、武，周文王、周武王，西周王朝的奠基人，即開國君主。雁，讀作膺；膺受，接受、承受。天令，天命。亦，同也。鼎，從鼎從刀，與《說文》所收籀文則字字形完全相同，讀作則，模範、榜樣。女，讀作汝，你。本句銘文大意是說，偉大顯赫的文王、武王從上天那兒接受了大命（指滅商建立西周王朝），是你師詢很好的榜樣。這幾個字不太清晰，暫作如此解釋。本篇銘文開頭的辭句也見於毛公鼎、師克盨銘文，可資參閱。

② 乃，你。聖且（祖）考，崇敬高尚的亡祖、亡父。克，能也。尃，讀作輔；右，讀作佑；輔佑，輔佐的意思。先王，已故之王，猶言先君。厥，其，指示代詞。厷殳，肱股。肱是胳膊肘，股是大腿，喻指左右輔佐得力的人。陳夢家釋作爪牙，君王的得力助手，義亦通。用，用以、用來。夾罰（召 shào），讀作夾召，輔佐的意思。辟，君也。奠，奠定。大命，即天命。師克盨銘「用夾召厥辟奠大命」，意思略同。又見於禹鼎銘文。盨（盩）屌（穌），猶言戾和、和諧。雩，讀作於，介詞。政，政事，指治理周邦之事。參見牆盤銘文。

③ 肆，讀作肆，發語詞。皇帝，大帝，猶言皇天。昊，從大從白，突出人大大的頭（白），甲骨文已有此字，讀作斁；亡昊，即無斁，意爲怠惰、懈怠。臨保，照臨保祐。有周，周邦。雩，發語詞。四方民，普天下之民。康靜，安康寧靜，猶國泰民安。

④ 哀才，哀哉！昊（旻）天，本指秋天，即昊天、旻天，大天。《尚書‧多士》：「爾殷遺多士，弗弔旻天，大降喪於殷。」孔穎達疏：「天有多名，獨言旻天者，旻，愍也。」疒，筆畫不太清晰，根據甲骨文疾字的構形，疒當是從大，大是人形，從矢，矢是箭鏃形，據毛公鼎銘文辭例或隸作疾。畏，讀作威，疾威，降威。降喪，喪指喪亂，不安定，與大縱不靖同義。「旻天疾威」，類似的句子又見於毛公鼎銘文。□德，德前一字或釋作首，摹寫字跡不清晰。克，能也。敄，從聿從乂，讀作乂，《爾雅‧釋詁》：「乂，治也」；或釋作畫，據文義，恐非是。古，讀作故，所以之詞。亡，讀作無。丞，讀作承，承繼。

⑤ 鄉，讀作向，曩也，以往、往昔。女，讀作汝，你。伋父，師詢的亡考，陳夢家說即師酉。恤，體恤、憐憫、憂慮。周邦，周王朝。妥，讀作綏，安也，安定。立，擁立。余，我，周天子自稱。小子，周天子謙稱，指年幼不懂事。甝，

隸作載，《說文》：「載，乘也。」段注：「乘者，覆也。上覆之則下載之，故其義相成。引申之謂所載之物曰載。」據文義此處當指委以重任。乃，你也。事，職事。王身，周天子之身。厚𣄰，厚下一字不清晰，本句或與毛公鼎銘文「閈（捍）吾王身」意略同。

⑥ 龖𡨄，此二字西周銘文中常見，或釋作「申就」，猶言重申（前王或以前的任命）。叀（惠）雝（雍），猶言協和。我邦，指周邦。小大，大大小小。猷，謀也。《詩・小雅》：「秩秩大猷，聖人莫之。」此句也見於毛公鼎銘文。邦，周邦。弘，疑即緐字，通由。潢，本義是積水池，引申有大義。辥，銘文一般隸作乂，治也。邦弘潢乂，可能意指周邦由此得到很好的治理。敬明，虔敬明瞭。徠，隸作率，率領。乃友，你的同僚。幹，讀作閈，即扞禦、保衛；吾，讀作御。王身，指周天子。谷，讀作欲，想、想要。乃，你、你的。辟，君。圅，讀作陷。囏，讀作艱，艱難之中。類似的句子也見於毛公鼎銘文。

⑦ 睗，讀作錫，賜也。鬱鬯，即秬鬯，用黑黍米和香茅草釀成的酒，一般供祭祀用。卣，青銅酒器，此處作量詞。《書・洛誥》：「伻來毖殷，乃命寧予以秬鬯二卣。」圭瓚，即珪瓚，古代大臣朝見天子或舉行典禮時手持的玉製信物，上圓下方。尸，讀作夷；尸臣，主事之臣。《漢書・郊祀志下》：「王命尸臣：『官此栒邑，賜爾旂鸞黼黻琱戈』。」顏師古注：「尸臣，主事之臣也。」《左傳・僖公二十八年》：「王命尹氏及王子虎、內史叔興父策命晉侯為侯伯，賜之大輅之服⋯⋯秬鬯一卣，虎賁三百人」，所記與銘文略同。

⑧ 頴首，即拜稽首。敢，謙敬副詞。對揚，答揚。休，賜也。朕，我，師詢自稱。乙伯，師詢的列祖之一。同，疑是乙伯之字。益姬，列妣之一。此句詢簋銘文作「乙伯同姬」，陳夢家說，「即師酉簋記其考（母）為乙伯宄姬。姬前的一字為婦所夫之字，為益為宄。」[1]

⑨ 囟，思字之省，同斯；思年，猶斯年，這一年。巛宮，或釋作州宮，疑是宮殿名。

⑩ 元年，新王即位並單獨紀年之首年。既望是十四日，干支是庚寅（27），則某王元年二月是丁丑（14）朔。各，讀作格，入也。大室，又曰太室、天室，宗廟、明堂中央較大的一間室，是天子朝見諸侯群臣及處理政務或舉行祭祀的場所。炎，隸作榮，榮伯，人名。內，讀作入。右，讀作佑，儐佑、導引。

王世與曆朔

　　學人大多以為師詢簋是西周中期晚些時候或晚期器，陳夢家定其為屬王元

年器，李學勤《師詢簋和〈祭公〉》一文以爲與穆王時期的祭公屬於同時代人，何景成《論師詢簋的史實和年代》認爲屬於夷王時期器物，[2] 郭沫若、彭裕商等認爲是宣王時器，衆說不一。由於沒有器形紋飾等要素可供參照，所以銘文內容、人名和曆日記載等就成爲斷代的重要條件。

銘文「唯元年二月既望庚寅」，既望是十四日，干支是庚寅（27），則某王元年二月是丁丑（14）朔。[3] 說者或以爲本器屬於厲王時期，或以爲屬於宣王時器。由於厲王、宣王的年代是明確的，因此，我們可以通過銘文中所記的曆日關係與曆表、曆譜進行比勘驗證。

1、厲王說。陳夢家據銘文內容、時代背景、人物、辭例等要素，繫聯詢簋、錄白終簋、師克盨、毛公鼎等器銘文，定「此器作於厲王元年新即位之二月」。[4]

根據《史記·周本紀》記載推算，厲王元年是前 878 年，前 878 年二月張表是丁亥（24）朔，與銘文二月丁丑（14）朔含當日相距十一日，顯然不合曆。董譜是丙戌（23）朔，與銘文丁丑（14）朔含當日相距十日，顯然亦不合曆。目前通行的說法定厲王元年是前 877 年，該年二月張表、董譜皆是辛亥（48）朔，錯月是辛巳（18）朔，與銘文二月丁丑（14）朔含當日相距五日，顯然也不合曆，說明師詢簋銘文所記不是厲王元年二月的曆朔。

2、宣王說。郭沫若謂其銘文背景、文辭語調頗似毛公鼎銘文，故將其置於宣王世。彭裕商同之。[5] 宣王元年是前 827 年。該年二月張表是辛酉（58）朔，錯月是辛卯（28）朔，與銘文二月丁丑（14）朔含當日相距十五日，更不合曆。董譜是庚申（57）朔，錯月是庚寅（27）朔，與銘文二月丁丑（14）朔含當日相距十四日，亦不合曆。

3、夷王說。夷王在位的年數至今無定論，目前通行的說法定夷王元年是前 885 年。前 885 年二月張表是戊辰（5）朔，戊辰（5）與銘文二月丁丑（14）朔含當日相距十日，明顯不合曆。董譜是丁卯（4）朔，與銘文二月丁丑（14）朔含當日相距十一日，亦不合曆。這就是說，師詢簋銘文所記不是夷王元年二月的曆日，或者，夷王元年不是前 885 年。

4、穆王說。目前通行的說法以爲穆王元年是前 976 年，前 976 年二月張表是丙辰（53）朔，丙辰距銘文二月丁丑（14）朔含當日相差二十二日，明顯不合曆。錯月是丙戌（23）朔，距丁丑（14）含當日相差十日，也不合曆。董譜

是乙卯（52）朔，與銘文二月丁丑朔含當日相距二十三日，亦不合曆。錯月是乙酉（22）朔，距丁丑含當日相差九日，同樣也不合曆。這就是說，師詢簋銘文所記也不是穆王元年的曆朔，或者穆王元年不是前 976 年。

5、懿王說。《史記·周本紀》：「共王崩，子懿王囏立。懿王之時，王室遂衰，詩人作刺。」古本《竹書紀年》：「懿王元年，天再旦於鄭。」今本《竹書紀年》：「元年丙寅，春正月，王即位」；「天再旦於鄭」；「二十五年，王陟。」王崩曰陟。學術界近據古本《竹書紀年》：「懿王元年天再旦於鄭」的記載，運用現代天文學知識推算懿王元年是前 899 年，董作賓說是前 966 年，或說是前 926 年。現在來比勘驗證一下，看結果如何。

前 899 年二月，張表、董譜皆爲戊午（55）朔，與銘文二月丁丑（14）朔含當日相距二十日，顯然不合曆。錯月是戊子（25）朔，戊子距銘文丁丑（14）朔含當日也有十二日之差，同樣不合曆。

前 966 年二月，張表也是戊午朔，與銘文二月丁丑朔同樣不合曆；董譜是丁巳（54）朔，錯月是丁亥（24）朔，丁亥與銘文二月丁丑（14）朔含當日相差十一日，亦不合曆。

前 926 年二月，張表、董譜皆是乙未（32）朔，與銘文二月丁丑（14）朔含當日相距十九日，也不合曆。可見師詢簋銘文所記曆日與以上三個年份二月的曆朔都不合，或者懿王元年根本就不是前 899 年、前 966 年和前 926 年。

筆者近據若干銘文所記曆日推得懿王元年是前 928 年，該年二月張表、董譜正是丁丑（14）朔，完全合曆。懿王時期的標準器匡卣、匡尊銘文「唯四月初吉甲午，懿王在射廬」，初吉是初一朔，干支是甲午（31），則懿王某年四月是甲午朔。查檢張表和董譜，此四月應是懿王三年。懿王三年（前 926 年）四月，張表、董譜正是甲午（31）朔，完全合曆。這絕不是一種巧合吧。這只能說明懿王元年就是前 928 年，同時也說明初吉就是初一朔，是定點月相日。符合懿王時期曆朔的還有師頯簋（元年九月）、三年衛盉（三年三月）、散伯車父鼎（四年八月）、士山盤（十六年九月）等器銘文所記曆日，懿王在位二十年。

6、康王說。吳其昌曰：「康王元年（前 1078 年）正月大，乙巳朔，二月小，乙亥朔，既望十六日得庚寅，與曆譜合。」[6] 吳其昌從毛公鼎和師詢簋二器銘文語詞、字體的角度進行論證，最後說：「此不獨可以證師詢簋之決爲成王元年時器，且可以證毛公鼎之必爲成王末年時器矣（劉師培考是器完全

無誤。）」葉按：此處的成王元年時器，按照吳其昌所附注的年代，當是康王元年時器，印刷有誤。吳其昌原文附：「文王命瘋鼎：隹三年四月庚午，王在豐，王乎虢叔召瘋。」葉按：本非瘋字，宋人釋瘋，誤。吳其昌曰：「按曆譜，康王三年（前 1076 年）四月小，癸亥朔，初吉八日得庚午，與譜合。」又曰：「是鼎：康王外，可通者有：周公攝政三年，四月小，丁卯朔，初吉四日得庚午。」吳其昌《金文曆朔疏證》印刷有誤。

　　驗證吳其昌的說法，前 1078 年二月張表是戊寅（15）朔，董譜同，比銘文二月丁丑（14）朔早一日合曆。不過，結合 1959 年 6 月陝西藍田縣寺坡村西周銅器窖藏出土詢簋銘文中的人物皆有益公，字體風格也不像西周早期的風格特徵，更像是西周中期的風格特徵。據此來看，師詢簋銘文的時代恐怕沒有那麼早，當是懿王時期的。

　　1959 年 6 月陝西藍田縣寺坡村西周銅器窖藏出土詢簋。詢簋低體寬腹，矮圈足外侈，蓋上有圈狀捉手，口沿下有一對銜環獸首耳。通體飾瓦紋。器內鑄銘文 130 餘字。[7]

　　王若曰：「訇！丕顯文、武，受命，則乃祖奠周邦，今余命汝嫡官司邑人，先虎臣後庸：西門夷……服夷，錫汝玄衣黹純、緇韍、同黃、戈琱戟、厚柲、彤沙緌、鸞旗、鋚勒。用事。」訇稽首，對揚天子休命，用作文祖乙伯、同姬奠簋，訇萬年子孫永寶用。唯王十又七祀，王在射日宮。旦，王格，益公入祐訇。

　　詢簋銘文單稱「詢」，應在師詢稱師之前。從銘文內容方面來看，詢簋銘文是對詢的初命，而師詢簋銘文所記則是對師詢的重命。銘文「唯王十又七祀」，稱祀不稱年，約當共王十七祀。從器形方面來看，詢簋低體寬腹，矮圈足外侈，與共王時期的七年趞曹鼎和十五年趞曹鼎的低體寬腹特點很相似。但是，說者或謂詢簋和師詢簋銘文的體例格式與毛公鼎銘文完全相同，皆以「王若曰」開頭，然後敘事，但紀時卻在銘末。其字體風格也屬於西周中晚期的特徵，所以，其時代也應相同或相近。從詢簋銘文紀年稱十又七祀來看，其時代不應該晚至西周晚期，當在西周中期，而師詢簋銘文紀年已稱元年。這就好像師酉鼎銘文紀年稱四祀，而師酉簋銘文紀年亦稱元年。同一個人製作銅器，銘文紀年稱祀與稱年同時並存，應該屬於紀年用「祀」向用「年」

字的過渡時期。結合銘文所記周王賞賜的品物種類綜合考察，這四件器所屬的王世應當相近或相同，約當穆王、共王和懿王三個王世。

關於師酉簋、師酉鼎銘文中的師酉與詢簋、師詢簋銘文中的詢或師詢的關係，雖然郭沫若、陳夢家等以為是父子關係，其先皆為乙伯，但是，我們細讀銘文發現，師酉稱文考乙伯，說明師酉是乙伯之子，而詢簋銘文稱文祖乙伯，師詢簋銘文則稱列祖乙伯，稱謂明顯有別。祖，可以指親祖父，也可以指稱列祖，這是我國自古以來的習慣稱法。由銘文的稱謂不同，可見師酉與詢或師詢應是同宗，但未必就是父子關係，詢或師詢的輩分明顯比師酉晚，但可以是同時代的人。

至於學者所言銘文所記的歷史背景，筆者覺得老王已死，太子初即位為王，肩負治國理民的重任，對於新王來說也可以稱之為世事維艱，故對師詢多所依賴，寄予厚望。

從曆法的關係來考察，本文發現師詢簋和師穎簋銘文所記都是某王元年，所記曆日與懿王元年二月和九月的曆朔既合曆又相銜接（中間應該有一個閏月）。所以，二器銘文所記應是懿王元年的曆朔。

但是，目前學術界根據古本《竹書紀年》「懿王元年天再旦於鄭」的記述，定前 899 年為懿王元年，但是，張表和董譜前 899 年二月皆不是師詢簋銘文的丁丑（14）朔，而是戊午（55）朔，錯月是戊子（25）朔，皆不合曆；九月也不是師穎簋銘文的甲戌（11）朔，而是乙酉（22）朔，亦不合曆。這或是說，懿王元年不是前 899 年，通行的說法需要加以矯正。筆者在《金文曆朔研究·關於懿王元年天再旦於鄭問題》一節中有專門的討論，可資參閱。

參考文獻

〔1〕陳夢家：《西周銅器斷代》第 309 頁，中華書局 2004 年。

〔2〕陳夢家：《西周銅器斷代》第 308 頁，中華書局 2004 年；李學勤：《師詢簋和〈祭公〉》，《古文字研究》第二十二輯，中華書局，2000 年；何景成：《論師詢簋的史實和年代》，《南方文物》2008 年第 4 期。

〔3〕葉正渤：《金文月相紀時法研究》第 107 頁，學苑出版社 2005 年。

〔4〕陳夢家：《西周銅器斷代》第 308 頁，中華書局 2004 年。

〔5〕郭沫若：《兩周金文辭大系圖錄考釋》第 295 頁，《郭沫若全集·考古編》卷八，科學出版社 2002 年。彭裕商：《西周青銅器年代綜合研究》第 17 頁，巴蜀書社

2003 年。

〔6〕吳其昌：《金文曆朔疏證》，《燕京學報》第 6 期，1929 年第 1047～1128 頁。凡引吳說皆據此文。

〔7〕段紹嘉：《陝西藍田縣出土彌叔等彝器簡介》，郭沫若：《彌叔簋及詢簋考釋》，《文物》1960 年第 2 期。

師頵簋銘文

陳承修猗文閣舊藏。器形未見著錄。銘文 12 行 112 字。《東南日報・金石書畫》第 9 期（約 1934 年 12 月）。（集成補：P2675，4312。）

銘文

參考釋文

佳（唯）王元年九月既望丁亥，王在周康宮。旦，王各大室。①嗣（司）工（空）液白（伯）入右（佑）師頵，立中廷，北向。②王乎（呼）內史遣冊令（命）師頵。③王若曰：「師頵，在先王既令（命）女（汝）作嗣土（司徒），官嗣（司）汸閭，今余佳（唯）肇𤔲（申）乃令，易（錫）女赤市、朱黃、絲（鸞）旂、攸勒。用事。」④頵拜稽首，敢對楊天子不（丕）顯休，用作朕文考尹白隁（奠）簋，⑤師頵其萬年子=孫=永寶用。

考釋

① 唯王元年九月既望丁亥，既望，月相詞語，十四日，干支是丁亥（24），則某王元年九月是甲戌（11）朔。周康宮，位於周（雒邑西北二十里地的王城）的康宮。筆者以爲，康宮乃是西周初年建的一座規模較大的建築群。之所以命其宮名曰康宮，《爾雅・釋詁》：「康，樂也。」《詩・唐風》「無已大康」，《周頌》「迄用康年」。又《爾雅・釋詁》：「康，安也。」《書・益稷》「庶事康哉」，《洪範》「五福，三曰康寧。」又《爾雅・釋宮》：「五達謂之康，六達謂之莊。」《疏》引孫炎曰：「康，樂也，交會樂道也。」《釋名》：「五達曰康。康，昌也，昌盛也，車步併列並用之，言充盛也。」《列子・仲尼篇》「堯遊於康衢。」康衢，猶言康莊大道。《諡法》：「淵源流通曰康，溫柔好樂曰康，令民安樂曰康。」所以，康者，寧也、安也、樂也、宏大也。康宮者，猶康寧之宮也，如後世之阿房宮、長樂宮、未央宮、甘泉宮、興德宮之類，不一定就是康王之廟。

　　大室，或作太室、天室，原指天上星宿布列的位置，後指山名，即太室山，在河南省登封縣。《逸周書・度邑》：「王曰：『旦，予克致天之明命，定天保，依天室。』」《史記・周本紀》：「王曰：『定天保，依天室，悉求夫惡，貶從殷王受。』」所以，西周宗廟、明堂中央最大的一間稱大室，如前文銘文中的康宮、新宮等宮殿中央的一間廳室，是周天子頒佈政事或舉行祭祀的地方。

② 司空液伯，司空，職官名。司空、司徒和司寇（或司馬），西周時稱爲三有司。銘文中習見。液伯，人名，擔任佑者。右，儐佑，《說文》：「儐，導也。」導，導引。古代稱替主人接引賓客和贊禮的人，即儐相。師顥，顥，從頁某聲，當讀如某或媒，銘文是人名；師是職官名，顥擔任師之職。中廷，即中庭、中央。北向，《周易・說卦》：「聖人南面而聽天下，向明而治，蓋取諸此也。」是故古之天子、諸侯朝見群臣南面而坐，群臣皆北面而立。

③ 王，周王，周天子。內史遣冊命師顥，內史，職官名，西周銘文或稱作冊內史，掌管策命諸侯及公卿大夫。遣，疑從貴從辵，字書所無，或是遣字，銘文是人名，擔任內史之職。從本句銘文來看，師顥接受內史遣的冊命，可見內史直接傳達王命，其職權或大於師。

④ 先王，死去之王，一般指亡父。既，既往，先前、從前。官司，職責、職守。汸闇，地名，其地望不詳。肇，始也。𪔂，此字從東從田從亂省，字書所無，西周銘文裏常見，或讀作踵、緟，續也；或讀作申，猶言重申。乃令，對你的任命。言先王既命汝作司徒，官司汸闇，今余（新天子）即重申對你的任令，並賞賜赤市、朱黃、絲（鸞）旂、攸勒，赤市，紅色蔽飾等品物。朱黃，即朱

璜，紅色玉腰佩。鸞旆，即鸞旗，繡有鸞鳳等圖案的旗幟。攸勒，馬爵子、馬籠頭。用事，用於王室之事。

⑤ 稽首，古代跪拜禮，跪下並拱手至地，頭也至地。丕，大也。顯休，顯赫的冊命與賞賜。用作，由此而作。朕，師穎的自稱。文考，師穎對亡父的美諡。尹白，師穎亡父名。

王世與曆朔

由於本器無器形著錄，人名也只見於本器銘文。這樣，曆法要素就成爲本器斷代的主要依據。其次就是銘文的字體風格、語詞和所記事件。對這件器陳夢家《西周銅器斷代》只對銘文作了隸定，未作詳細考釋。[1]吳其昌和董作賓據銘文有「王在周康宮」之語，遂將師穎簋列於昭王元年。吳定前 1052 年爲昭王元年，董定前 1041 年爲昭王元年。現驗證如下。

銘文「唯王元年九月既望丁亥（24），王在周康宮」，既望是十四日，則某王元年九月是甲戌（11）朔。前 1052 年九月，張表是甲辰（41）朔，錯月是甲戌（11）朔，合曆。董譜是癸酉（10）朔，遲一日相合。但是，正如本篇銘文考釋所言，銘文中的康宮未必就是康王之廟；從銘文字體風格來看，亦不似昭王時期如過伯簋等器銘文的風格特點，像西周中晚期的；從所賞賜的品物來看，同樣不似西周早期所常用。所以，定其爲昭王元年是欠妥的。董作賓定前 1041 年爲昭王元年，該年九月張表、董譜皆不是甲戌（11）朔，因而不合曆。

目前確切知道西周諸王元年的有：厲王，公元前 878 年；宣王，公元前 827 年；幽王，公元前 781 年。其他諸王王年史無記載，全都在推測之中，眾說紛紜，不可遽信。所以關於師穎簋的王世與曆朔，只能根據曆表、曆譜從幽、宣開始向前逆推比勘。

幽王元年是前 781 年，該年九月張表是庚寅（27）朔，銘文甲戌（11）朔距庚寅（27）含當日相差十七日，顯然不合曆。董譜是己巳（6）朔，但根據八月庚申（57）朔，十月己未（56）推算，董譜九月己巳朔明顯是己丑（26）之誤。董作賓《西周年曆譜》印刷有誤，筆者已對董譜做過校讀，指出其存在印刷錯誤。[2]己丑（26）距銘文甲戌（11）朔含當日相差十六日，亦不合曆。比勘的結果，說明師穎簋銘文所記曆日不符合幽王元年九月的曆朔。

宣王元年是前 827 年，該年九月張表是丁亥（24）朔，董譜同，甲戌（11）
距丁亥（24）含當日相差十四日，也不合曆，說明師穎簋銘文所記也不是宣王
元年九月的曆朔。

厲王元年是前 878 年，該年九月張表是癸丑（50）朔，董譜同，甲戌（11）
距癸丑（50）含當日相差二十二日，顯然亦不合曆，說明師穎簋銘文所記也不
是厲王元年九月的曆朔。目前比較通行的說法定前 877 年爲厲王元年。[3]該
年九月張表是丁丑（14）朔，董譜同，甲戌（11）距丁丑含當日相差四日，
不合曆。

夷王在位究竟多少年？至今無定說，目前比較通行的說法定前 885 年爲夷
王元年。張表前 885 年九月是甲午（31）朔，董譜同，甲戌（11）距甲午（31）
含當日相差二十一日，顯然不合曆。這說明師穎簋銘文所記曆日也不是夷王元
年九月的，或者，夷王元年就不是公元前 885 年，或者兩者都不是。筆者近據
若干銅器銘文所記曆日推得夷王元年是前 893 年，該年九月張表是庚戌（47）
朔，董譜同，庚戌距銘文九月甲戌（11）含當日相差二十五日，也不合曆，說
明師穎簋銘文所記曆日也不是夷王元年九月的曆朔。

筆者近推懿王元年是前 928 年，該年九月張表是甲辰（41）朔，董譜同，
錯月是甲戌（11）朔，合曆。與師詢簋銘文所記都是某王元年，且推得月首干
支又相銜接（中間應有一個閏月），字體風格亦相同，則師穎簋銘文所記曆日應
是懿王元年九月的曆朔，懿王元年是前 928 年。

參考文獻

〔1〕陳夢家：《西周銅器斷代》第 341 頁，中華書局 2004 年。以下凡引陳說均據此書。
〔2〕董作賓：《西周年曆譜》，《董作賓先生全集》甲編第一冊，臺北藝文印書館 1978
年。葉正渤：《〈西周年曆譜〉校讀》，鹽城師範學院學報 2010 年第 2 期。董作賓
的《中國年曆簡譜》印刷校對精審可用。
〔3〕夏商周斷代工程專家組：《夏商周斷代工程 1996～2000 年階段成果概要》，《文物》
2000 年第 12 期。

三年衛盉銘文

1975 年陝西省岐山縣董家村西周 1 號窖藏出土。據發掘簡報介紹，1 號窖
藏共出土 37 件青銅器，保存完好。據考證，這批銅器不是一個王世之物，從穆

王世到宣王末、幽王初都有。其中重要的有廿七年衛簋、三年衛盉、五祀衛鼎、九年衛鼎、公臣鼎、此鼎、此簋、㒨匜等。[1] 有學人考證說同一窖藏出土的「裘衛四器」是共王時的標準器。「裘衛四器」指三年衛盉、五祀衛鼎、九年衛鼎和二十七年衛簋。此說恐有疑問，詳見以上四器銘文考釋。

三年衛盉鼓腹，束頸，口微外侈，連檔，柱足，管狀流，長舌獸首鋬，蓋鈕作半環狀，蓋與器有鏈條相接。器頸與蓋沿均飾以垂冠回首分尾夔紋，蓋上增飾一道陽弦紋，腹部飾雙線 V 形紋，流飾三角雷文。蓋內鑄銘文 12 行 118 字，重文 12，合文 2，共 132 字。

銘文

參考釋文

隹（唯）三年三月既生霸壬寅，王爯（稱）旂於豐。①矩白（伯）庶人取堇章（瑾璋）於裘衛，才（財）八十朋，氒（厥）貯（租、賦），其舍（捨）田十田。②矩或（又）取赤虎（琥）兩、麀桒（韍）兩、桒（賁）韐一，才（裁）二十朋，其舍（捨）田三田。③裘衛廼（乃）彘（矢、誓）告於白=（伯）邑=父=、烾=（榮）白=（伯）、定=白=（伯）、琼=（諒）白=（伯）、單=白=（伯），④乃令（命）參（三）有嗣=（司）土（徒）㣲（微）邑、嗣（司）馬單旟、嗣（司）工（空）邑人服眔受（授）田，燹、趞、衛小子𥻘逆者（諸），其卿（饗）。⑤衛用乍（作）朕文考惠孟寶般（盤），衛其萬年永寶用。⑥

考釋

① 唯三年三月既生霸壬寅，既生霸是初九，干支是壬寅（39），則某王三年三月是甲午（31）朔。再，偁字的初文，《說文》：「並舉也」。偁，《說文》：「揚也」。所以，偁旂就是舉旗，當是古代天子朝會諸侯的一種禮儀。豐，地名，應是文王所建的都城豐京。

② 矩伯庶人，矩伯是人名，庶人是職官、身份名。西周國人中的上層爲卿、大夫、士，下層爲庶人。大部分庶人居於城郊，耕種貴族分給的土地，享有貴族給予的部分權利。董章，即覲璋，覲是朝見的意思。《左傳·僖公二十八年》：「受策以出，出入三覲」，文獻改用類別字覲。瑾璋，古代諸侯朝見天子時所用的玉製信物。於，介詞，相當於現代漢語介詞從。裘衛，人名。才，讀作財，有貨幣義。[2] 壵，同厥，其也。貯，或讀作租，或讀作賦，或讀作賈，即價錢，本句似應讀作租。舍，讀作捨，有給予、割讓等義。田，前一田是名詞土田，後一田用作量詞，是田的單位，一田約合漢代百畝。

③ 或，義同又、再。虎，讀作琥；赤琥，紅色的玉器。唐蘭曰：「麂字下似從乙，未詳，當是鹿屬。枀，音賁，音臂，與帔（音僻）音近。《釋名·釋衣服》：『帔，披也，披之肩背，有及下也。』那麼，麂枀是鹿皮的披肩。」枀（賁）韐，唐蘭說，「韐，《說文》又作袷，是市（紱）的一種，『制如榼，缺四角』，當是橢圓形。枀韐是雜色皮的蔽飾（圍裙）。」[3]

④ 迺，讀作乃，於是。龤，讀作矢，《爾雅·釋詁》：「矢，陳也」，即敍述、陳述。於，介詞，向、對。以下幾個皆是人名，且有重文號，即伯邑父、榮伯、定伯、諒伯和單伯，這幾個人名既要連上句讀，又要連下句讀。

⑤ 三有司，即司徒、司空、司馬的總稱，皆爲職官名。從銘文的內容來看，他們都受命於伯邑父、榮伯等，當是具體辦事人員。旟，從㫃、升、與，即旟字，此處是人名，擔任司馬之職。眔，連詞，及。燹（xiǎn）、趞、衛小子𩰍，也都是人名。逆，迎也。者，讀作諸。其，語氣詞。鄉，讀作饗，宴饗。

⑥ 文考惠孟，應是裘衛的亡父之名。文，諡號；考，亡父曰考。惠，是加在人名之前的修飾語，與文相當，是溢美之詞。般，讀作盤。銘文自稱盤，實際是盉。何琳儀《說「盤」》曰：「盤、盉的密切關係，在銅器銘文中也有反映。不僅盉可稱『盤盉』，而且盤也可稱『盤盉』，甚至盉徑稱『盤』。」[4]

王世與曆朔

學界或以爲共王時器，或以爲懿王時器，或以爲夷王時器。由於厲王以前

的西周諸王在位年數不確定，所以，暫以目前通行的說法進行驗證。

銘文「唯三年三月既生霸壬寅」，既生霸是初九，干支是壬寅（39），則某王三年三月是甲午（31）朔。

通行的說法認爲共王元年是前 922 年，則共王三年就是前 920 年。該年三月張表是庚寅朔，董譜同。庚寅（27）距銘文三月甲午（31）朔含當日相差五日，顯然不合曆。這就是說，三年衛盉所記曆日不是共王三年三月的曆朔，或者共王三年不是前 920 年，或者兩者都不是。

通行的說法認爲懿王元年是前 899 年，懿王三年就是前 897 年。該年三月張表是丁丑（14）朔，丁丑距銘文甲午（31）朔含當日相差十八日，顯然不合曆。董譜是丙子（13）朔，銘文三月甲午（31）距丙子（13）含當日相差十九日，顯然也不合曆。

通行的說法認爲夷王元年是前 885 年，則夷王三年是前 883 年。該年三月張表是乙卯（52）朔，董譜同，該月無甲午（31）。錯月是乙酉（22）朔，乙酉距銘文甲午朔含當日相差十日，顯然也不合曆。

由於五祀衛鼎銘文有「余執龔王恤工（功）於邵（昭）大室，東逆（朔）꿯（營）二川」，所以「唯王五祀」之王必爲共王無疑。一般來說紀年相續其王世也應相同，所以，三年衛盉也應是共王時器。但是，比勘共王世的曆表和曆譜皆不合曆。本文從前 901 年向前查檢曆表和曆譜，符合三年三月甲午（31）朔或近似的年份有：

前 905 年三月，張表是甲午（31）朔，董譜是癸巳（30）朔，則某王元年是前 907 年。

前 926 年三月，張表是甲子（1）朔，錯月是甲午（31）朔，董譜是乙丑（2）朔，錯月是乙未（32）朔，則某王元年是前 928 年。前 928 年是本文據其他紀年銘文所推懿王元年。

前 931 年三月，張表是甲午（31）朔，董譜同，則某王元年是前 933 年。

前 941 年三月，張表是壬辰（29）朔，董譜同，銘文甲午（31）朔比曆表早二日合曆，則某王元年是前 943 年。

前 946 年三月，張表是辛酉（58）朔，董譜同，錯月是辛卯（28）朔，銘文三月甲午（31）早三日合曆，近是，則某王元年是前 948 年。前 948 年是本文所推共王元年，但銘文三月甲午（31）朔比曆表曆譜早三日，近是。根據本

文一貫的看法，比勘的結果達到或超過三日（含當日是四日），數據就不精確，不合曆了。

從以上比勘的結果來看，共有的某王元年只有前 928 年。結合其他要素綜合考慮，三年衛盉銘文所記曆日符合懿王三年三月的曆朔。

參考文獻

〔1〕岐山縣文化館：龐懷靖，陝西省文管會：鎮烽、忠如、志儒，《陝西省岐山縣董家村西周銅器窖穴發掘簡報》，《文物》，1976 年第 5 期。

〔2〕周寶宏：《西周金文詞義研究（六則）》，《古文字研究》第二十五輯第 110～114 頁，中華書局 2004 年。

〔3〕唐蘭：《西周青銅器銘文分代史徵》第 60、61 頁，中華書局 1986 年。

〔4〕何琳儀：《說「盤」》，《中國歷史文物》2004 年第 5 期第 30～32 頁。

達盨蓋銘文

1984 年陝西長安縣馬王鎮張家坡西周墓出土。

銘文

參考釋文

隹（唯）三年五月既生霸壬寅，王在周，執駒於滆厈。①王乎（呼）巤趣召達，王易（錫）達駒。②達拜稽首，對揚王休，用作旅盨。③〔1〕

考釋

① 唯三年五月既生霸壬寅，既生霸是初九，干支是壬寅（39），則某王三年五月
是甲午（31）朔。執駒，是西周時的一種典禮。《周禮・校人》：「春祭馬祖，
執駒。」鄭眾注：「執駒無令近母，猶攻駒也。」鄭玄曰：「執猶拘也。中春
通淫之時，駒弱，血氣未定。為其乘匹傷之。」「執駒」一語也見於盠駒尊銘
文。曰：「惟王十又二月，辰在甲申，王初執駒於啟（庢）。」所以，所謂執駒
就是後世的閹割。如果是雄性牲畜，如牛馬羊豬等家畜，則閹割其睪丸，使
失去生殖功能，長成以後作為食肉或騎乘之用，農村稱為騸。如果是雌性家
畜，則去其卵巢，使不能生殖，長成以後也是作為食肉或騎乘之用，農村稱
為劁。啟，即庢，地名。見於盠駒尊銘文。溰，當從水鬲聲，水名，字書所無；
溰应（居），根據語法關係和語義當是地名。

② 崭趯，人名，張長壽認為也許就是趯觶銘文中的趯。召，召見。達，也是人
名，張長壽認為達是井叔的字，即井叔達。易，讀作錫，賜也。駒，未成年
的馬駒。

③ 拜稽首，叩首至地。對揚，答揚。休，美好的賞賜。用，由也。旅，旅行。
盨，古代盛食物的青銅器，橢圓口，有蓋，兩耳，圈足或四足。旅盨，外出
旅行用的盨。

王世與曆朔

張長壽以為達盨蓋是孝王時器。銘文「惟三年五月既生霸壬寅」，干支是
壬寅（39），則某王三年五月是甲午（31）朔。孝王在位有多少年？孝王元年
究竟是何年？至今都不明確，因此也不好驗證。目前通行的說法以前 891 年
為孝王元年，則孝王三年便是前 889 年。該年五月張表是己未（56）朔，己
未距銘文甲午（31）朔含當日有二十六日，顯然不合曆。錯月是己丑（26）
朔，董譜同，[2] 己丑距甲午（31）朔含當日相差六日，顯然也不合曆。

本文據若干銅器銘文研究認為懿王元年是前 928 年，則懿王三年是前 926
年。該年五月張表是甲子（1）朔，董譜同，錯月是甲午（31）朔，完全合曆，
則達盨蓋銘文所記曆日是懿王三年五月的曆朔。前文所述三年衛盉銘文所記
曆朔是三年三月甲午（31）朔，按曆當年五月就不應該還是甲午朔，但是，
曆有連續二個或三個連大月或連小月的情況，所以，五月即有可能還是甲午

朔。此前筆者曾根據某些學者意見定達盨蓋爲孝王時器，現在看來需要加以糾正。[3]

銘文中出現㝬趞這個人物，張長壽認爲也許就是趞觶的趞，並說：「陳夢家在《西周銅器斷代》中把免簋、免簠、免尊、免盤、趞觶、守宮盤等六器稱爲井叔組或免組，認爲它們可以作爲斷代的標準，指出其中的右者井叔尤關重要。上述六器中只有免簋、免尊和趞觶的銘文中提到了井叔，如果加上傳已毀於兵火的曶鼎，共得四器。前三者，井叔都是以右者的身份出現的。曶鼎的銘文中兩次提到井叔，銘文的第一段記述井叔賜曶赤金，曶因以作鼎。第二段記錄曶因以匹馬束絲換五夫事，訟於井叔，經井叔判定，曶獲勝訴。在此銘中，井叔是以王朝重臣的身份出現的。」以上六件器物，郭沫若、陳夢家皆定爲懿王時器。據本文考察，趞觶銘文所記曆日符合穆王二年的曆朔。現據曆日考察，達盨蓋銘文所記曆日符合懿王三年五月的曆朔。

參考文獻

〔1〕張長壽：《論井叔銅器——1983～1986 年灃西發掘資料之二》，《文物》1990 年第 7 期。

〔2〕張培瑜：《中國先秦史曆表》，齊魯書社 1987 年；董作賓：《西周年曆譜》，《董作賓先生全集甲編》第一冊第 265～328 頁，臺灣引文印書館 1978 年。

〔3〕葉正渤：《金文標準器銘文綜合研究》第 178、179 頁，線裝書局 2010 年。

四年癲盨、三年癲壺銘文

1976 年 12 月陝西省扶風縣法門公社莊白大隊莊白生產隊 1 號青銅器窖藏出土。1 號青銅器窖藏內共出土銅器 103 件，其中有銘文銅器 74 件，少則 1 字，多則 284 字，如牆盤銘文。還有玉器 7 件，蛤蜊 2 件。四年癲盨 2 件，形制、紋飾、銘文及大小均相同。腹橢圓，圈足下有四短足，獸首耳。腹飾瓦紋，口沿飾鳥紋，以雷紋爲地。腹內底鑄銘文 6 行 60 字，蓋內鑄銘文 62 字，重文 2。[1]

銘文

參考釋文

隹（唯）四年二月既生霸戊戌，王才（在）周師彔宮，各（格）大室，即立（位），嗣（司）馬𠂤（共）右（佑）瘨（癲）。①王乎（呼）史年（年、敖、微）冊，易（錫）𢼸（般，𪓵）袞（靳）、虢（鞹）枳（市、韐）、攸（鋚）勒。②敢對𤊾（揚）天子休，用乍（作）文考寶𣪕（簋），瘨其萬年，子＝孫＝其永寶。𣄰（木羊冊）。③

考釋

① 唯四年二月既生霸戊戌，既生霸，月相詞語，太陰月的初九，干支是戊戌（35），則某王四年二月是庚寅（27）朔。周師彔宮，位於雒邑王城的宮殿名。朱駿聲在其《尙書古注便讀・洛誥》下注：「所謂成周，今洛陽東北二十里，其故城也。王城在今洛陽縣西北二十里，相距十八里。」又在《君陳》篇下按曰：「成周，在王城近郊五十里內。天子之國，五十里爲近郊，百里爲遠郊。今河南河南府洛陽縣東北二十里爲成周故城，西北二十里爲王城故城。」周師彔宮之名又見於六年宰獸簋、師𩦧簋蓋、師晨鼎等銘文。司馬共，司馬是職官名，共是人名。司馬共之名也見於師𩦧簋蓋、師晨鼎、諫簋、太師虘簋

等器銘文。郭沫若說：「白和父即師和父，任周司馬之職，即司馬共，即共伯和。」〔2〕癲，當從疒興聲，字書所無，銘文是人名。癲，這個人也見於癲爵、癲鐘、三年癲壺、十三年癲壺等器銘文。

② 史完（年），人名，擔任史之職。完，也有學者釋作敖或微，也出現在望簋銘文中。說者或以爲揚簋、王臣簋、蔡簋、諫簋銘文中的史完應釋作敖或微。冊，當是冊命之省，同時又省去被冊命的對象人名。本器銘多省略相關的人名，如「敢對揚」，則省略主語癲；「用作文考」，則省略文考之名。有將「冊賜」連讀者，恐欠妥。王所賜品物是馬具和服飾。

③ 休，賜也。文考，作器者癲的亡父的謚號，下省文考之名。本器自稱簋，實際是盨。𣝛，木羊冊，合書，當是族徽符號。

王世與曆朔

本器或以爲懿王時器，或以爲孝王時器，或以爲夷王時器，或以爲厲王時器，或以爲穆王時器。學界意見分歧較大，且年代跨度也較長。銘文「唯四年二月既生霸戊戌」，既生霸是初九，干支是戊戌（35），則某王四年二月是庚寅（27）朔。下面來驗證，看結果如何。

厲王元年是前 878 年，厲王四年是前 875 年。該年二月張表是己巳（6）朔，董譜同，己巳距銘文二月庚寅（27）朔含當日相距二十二日，顯然不合曆。

夷王在位年數不明確，元年是何年也不清楚，即以目前通行的前 885 年之說來驗證，則夷王四年就是前 882 年。該年二月張表是庚辰（17）朔，董譜同，庚辰（17）距銘文庚寅（27）朔含當日是十一日，顯然也不合曆。

厲王向前各王在位的年數皆不確定，因此也不太好驗證。從厲王元年的前 878 年向前查檢張表和董譜，百年內符合二月庚寅朔或近似者，有如下年份。

前 889 年二月，張表是辛卯（28）朔，董譜同，辛卯距銘文庚寅（27）一日之差相合，則某王元年就是前 892 年。

前 894 年二月，張表是庚寅（27）朔，與銘文相合。董譜是己丑（26）朔，遲一日相合，則某王元年就是前 897 年。

前 925 年二月，張表是庚寅（27）朔，與銘文完全合曆。董譜是己丑（26）朔，比銘文庚寅朔遲一日合曆，則某王元年就是前 928 年。該年是本文所推懿王元年。

從橫向方面來看，師艅簋蓋、師晨鼎、四年癲盨、諫簋銘文中都有周師錄

宮以及司馬共這個人物，說者或以爲此四件器當屬同一王世，紀年相銜接。但是，經過排比干支表，這幾件器銘文的紀時實不相銜接。本文研究認爲，師艅簋蓋與師晨鼎銘文紀時（唯三年三月初吉甲戌，王才（在）周師彔宮）符合屬王時的紀年，而諫簋銘文的紀時（唯五年三月初吉庚寅，王在周師錄宮）符合夷王時的紀年，而四年癲盨銘文的紀時與師艅簋蓋、師晨鼎銘文的紀時不相銜接，也不和諫簋銘文的紀時銜接。因此，應屬於另一王世。

說者或以爲銘文中的史官兇或釋爲年，或釋爲敖、或釋作微，四年癲盨和望簋銘文中的史兇當爲史年，而揚簋、王臣簋、蔡簋和諫簋銘文中的史官兇都不能釋爲史年，應釋爲敖或微。根據此說，則四年癲盨與望簋當屬於同一王世。

另外，筆者推得十三年癲壺銘文所記曆日符合懿王十三年九月的曆朔。所以，定四年癲盨也爲懿王時器。

參考文獻

〔1〕陝西周原考古隊：《陝西扶風莊白一號西周青銅器窖藏發掘簡報》，《文物》1978年第 3 期。

〔2〕郭沫若：《兩周金文辭大系圖錄考釋》，《郭沫若全集·考古編》第七卷、第八卷，科學出版社 2002 年。

三年癲壺

1976 年陝西省扶風縣莊白一號窖藏出土。束頸垂腹，下承圈足，大圓頂蓋，獸耳對稱，雙環貫耳。蓋頂飾團鳥紋，其腹、腰、頸用兩條素帶相隔，環飾曲波紋，寬疏有序，線條流暢。器蓋、底圈足飾竊曲紋，形成對應。二件壺大小、紋飾全同。蓋內鑄銘文 12 行 60 字。

銘文

參考釋文

唯三年九月丁巳，王在奠（鄭），鄉（饗）豐（禮）。乎（呼）虢叔召瘭，易（賜）羔俎。己丑，王在句陵，卿，逆酉（酒）……

考釋

本器與四年瘭盨出於同一窖藏，因此，兩器之主人瘭當是同一人。或說本器是懿王或孝王時器，比勘張表和董譜，本器銘文所記曆日符合懿王三年（前926）九月的曆日。不過，從銘文所記的九月丁巳（54）以及之後的己丑（26）來看，似乎不應在同一個月。因為銘文先記九月丁巳，王在鄭鄉禮，繼記己丑（26），王在句陵鄉酒。丁巳（54）距己丑（26）含當日是三十三日，已超出一個月的天數，可見不在同一個月之內。

散伯車父鼎銘文

1960年春陝西扶風縣法門公社莊白大隊一座西周銅器窖藏出土。散伯車父鼎立耳斂口，平沿外折，三足呈獸蹄形，鼎底略平。口下飾竊曲紋，足跟飾獸面紋。鼎內鑄銘文28字，重文2。[1]

銘文

參考釋文

隹（唯）王四年八月初吉丁亥，散白車父乍（作）邢姞奠鼎，其萬年子₌孫₌永寶。①

考釋

① 唯王四年八月初吉丁亥，初吉是初一朔，干支是丁亥（24），則某王四年八月是丁亥朔。散白車父，散，以國爲氏，作器者人名，一字一名。排行稱伯，可見散伯車父在弟兄行輩中是老大。邢姞，姞姓，名邢，是散伯車父夫人。邢，當從邑厾聲，字書所無，人名。

王世與曆朔

馬承源說：「此紀年之月序月相和干支與《年表》之西周晚期月朔未能相合，又無其他相關人名，暫未能定具體王世。」[2] 或說爲厲王時器，或說爲夷王時器。現驗證如下。

銘文「唯王四年八月初吉丁亥」，初吉是初一朔，干支是丁亥（24），則某王四年八月是丁亥朔。厲王元年是前 878 年，則厲王四年是前 875 年。該年八月張表是丙寅（3）朔，董譜同，丙寅（3）距銘文丁亥（24）朔含當日相差二十二日，顯然不合曆，說明散白車父鼎銘文所記曆日根本不符合厲王四年八月的曆朔。

夷王在位年數不明確，元年是何年亦不確定，目前通行的說法以前 885 年爲夷王元年，則夷王四年是前 882 年。該年八月張表是丁丑（14）朔，董譜同，丁丑（14）距銘文丁亥（24）含當日相差十一日，根本不合曆。

試從厲王元年的前 878 年向前查檢張表和董譜，符合八月丁亥（24）朔或近似的年份有：

前 925 年八月，張表是丁亥（24）朔，董譜同，完全合曆，則某王元年是前 928 年。前 928 年是筆者近據若干銅器銘文所推共有的懿王元年。

結合散季簋器形、銘文以及陳夢家的有關論述，本文以爲散伯車父鼎銘文所記曆日符合懿王四年八月的曆朔。散季簋銘文的紀時與散伯車父鼎銘文完全相同，但人名和作器的對象完全不同，說明散白車父與散季並非一人。散白車父爲其夫人鑄器，而散季是爲其母鑄器。這兩篇銘文的紀年可能屬於同一王世。參閱下文《散季簋銘文曆朔研究》。

參考文獻

〔1〕史言：《扶風莊白大隊出土的一批西周銅器》，《文物》1972 年第 6 期。

〔2〕馬承源：《商周青銅器銘文選》第 357 頁，文物出版社 1988 年。

散季簋（散季盨）銘文

　　弇口鼓腹，獸首雙耳，下有雙垂珥，圈足下連鑄三個獸面扁足，蓋面隆起，上有圈狀捉手。口下和蓋沿均飾竊曲紋，器腹和蓋上均飾瓦紋，圈足亦飾竊曲紋。蓋器同銘，各 32 字，重文 2 字。（《圖象集成》11-58）器名或稱散季盨，器型其實是簋。

銘文

參考釋文

　　隹（唯）王四年八月初吉丁亥，散季肇作朕王母弔（叔）姜寶簋，散季其萬年子=孫=永寶。①

考釋

① 唯王四年八月初吉丁亥，初吉是初一朔，干支是丁亥（24），則某王四年八月是丁亥朔。散季，人名，根據排行來看，散季在弟兄輩中排行是老四。肇，始也。作朕王母弔（叔）姜寶簋，這是散季為其母作器。叔姜，散季之母，在其姊妹中排行是老三，姜姓。

王世與曆朔

　　吳其昌曰：「康王四年（前 1075 年）八月小，乙酉朔，初吉三日得丁亥。與曆譜合，余王盡不可通。按：散季，是武王時散宜生同族之後；散伯敦、散氏盤又當是此散季同族之後也。」[1] 陳夢家說「形制近是寰簋。花紋與史頌器同。」[2] 下面驗證吳說，看結果如何。

　　銘文「唯王四年八月初吉丁亥」，初吉是初一朔，干支是丁亥（24），則某

王四年八月是丁亥朔。吳其昌說康王四年是前 1075 年，該年八月張表、董譜皆是丁亥（24）朔，合曆。若按吳其昌之說，則康王元年就是前 1078 年。

目前通行的說法定康王元年是前 1020 年，則康王四年是前 1017 年，該年八月張表是辛巳（18）朔，董譜閏七月是辛巳（18）朔，八月是辛亥（48）朔，辛巳（18）距銘文丁亥（24）朔含當日相差七日，顯然不合曆。

根據陳夢家關於器形花紋的說法「形制近是寰簋。花紋與史頌器同。」寰簋與史頌器的時代都比較晚，據此來看，散伯車父鼎以及散季簋的時代也不會太早。本文近據師詢簋、士山盤銘文所記曆日推得懿王元年是前 928 年，而散伯車父鼎銘文所記曆日符合前 925 年八月的曆朔。該年八月張表是丁亥（24）朔，董譜同，完全合曆，則散伯車父鼎以及散季簋銘文所記曆日符合懿王四年八月的曆朔。

參考文獻

〔1〕吳其昌：《金文曆朔疏證》，《燕京學報》第六期，第 1047～1128 頁，1929 年。
〔2〕陳夢家：《西周銅器斷代》第 342 頁，中華書局，2004 年。

史伯碩父鼎銘文

史伯碩父鼎體呈半球形，窄口方唇，口沿上有一對立耳，圓底三蹄足。口下飾竊曲紋，腹飾垂鱗紋。內壁鑄銘文共 50 字，其中重文 2。（《圖象集成》5-243）原載王黼《博古圖》卷二。據《廣川書跋》云「至和元年（1054 年）虢州得之。」

銘文

參考釋文

　　隹（唯）六年八月初吉己巳，史白（伯）碩父追考（孝）於朕皇考
釐仲、王（皇）母泉母隩（奠）鼎。①用祈匄百彔（祿）、眉壽、綰
綽、永令（命），萬年無疆，子=孫=永寶用享。②

考釋

① 唯六年八月初吉己巳，初吉是初一朔，干支是己巳（6），則某王六年八月是己
巳朔。

　　史伯碩父，人名，史是職官名，伯是排行，碩是名，父是成年男子的通
稱。追孝於××，西周銘文中常見之語，意爲追念享孝於××祖先。享孝，
猶祭祀。皇，大也，是考、母的修飾語。皇考釐仲、王（皇）母泉母，是伯
碩父的亡父王母。亯、皇、泉三字筆畫殘缺不全，據殘筆和銘文辭例隸定。隩，
讀作奠，祭也。此處作「鼎」的修飾語，表器之用途。

② 用，用來，用於。祈匄，祈求。百彔，讀作百祿，意爲多祿。眉壽，長壽，古
人謂人有豪眉秀出者乃長壽之象。綰綽，寬緩、闊綽。永令（命），長命。本句
銘文與戎生編鐘、晉姜鼎、逨盤、逨鼎銘文頗相似，尤其是戎生編鐘銘文「余
用邵追孝於皇祖考，用祈綽綰眉壽」。故其時代亦應相近或同時代，而上舉數器
皆屬西周晚期厲王及以後之器。[1]

王世與曆朔

　　吳其昌曰：「按曆譜成王親政六年（公元前 1103 年）八月小，丁卯朔。初
吉三日得己巳，與曆譜合。余王盡不可通。」又曰「附：大盂鼎：隹九月……
隹王二十又三祀。」「附：毛公鼎：按：此二器先儒皆以爲成王時器，無異說，
是也。但曆朔無徵。」[2]

　　先來驗證一下吳其昌所說合成王六年八月的曆朔，看是否合曆。前 1103
年八月，張表是庚午（7）朔，董譜同，比銘文己巳（6）朔早一日合曆，則成
王元年或是前 1108 年。

　　上文業已言及本器之銘文與西周晚期諸器銘文的語句頗爲相似，故其年代
也應相近。試以明確的西周晚期諸王之曆朔與之比勘，看結果如何。

　　銘文「唯六年八月初吉己巳」，初吉是初一朔，干支是己巳（6），則某王六
年八月是己巳朔。

　　幽王六年（前 776 年）八月，張表是壬辰（29）朔，董譜同，與銘文己巳

（6）含當日相差二十四日，顯然不合曆。

宣王六年（前 822 年）八月，張表是己丑（26）朔，與銘文己巳（6）含當日相差二十一日，不合曆。董譜八月是戊子（25）朔，與己巳（5）含當日相差二十日，亦不合曆。

厲王六年（前 873 年）八月，張表是乙卯（52）朔，董譜同，與銘文己巳（6）含當日相距十五日，也不合曆。錯月是乙酉（22）朔，與銘文己巳（6）朔含當日相差八日，同樣不合曆。

夷王在位年數至今不明確，其元年也不知是何年？目前通行的說法定前 885 年為夷王元年，則夷王六年是前 880 年，該年八月張表是乙未（32）朔，董譜同，錯月是乙丑（2）朔，與銘文己巳（6）朔含當日相差五日，顯然不合曆。

試以厲王元年的前 878 年向前查檢張表和董譜，百年內符合八月己巳（6）朔或近似的年份有：

前 891 年八月，張表是己亥（36）朔，九月是己巳朔，董譜同，與銘文己巳（6）朔錯月相合，則某王元年是前 896 年。

前 896 年八月，張表是戊辰（5）朔，董譜同，與銘文己巳（6）朔僅一日之差，基本相合，則某王元年是前 901 年。

前 927 年八月，張表是己巳（6）朔，與銘文合曆。董譜是戊辰（5）朔，比銘文己巳（6）朔遲一日相合，則某王元年是前 932 年。

前 953 年八月，張表是己巳（6）朔，董譜同，與銘文合曆，則某王元年是前 958 年。

前 984 年八月，張表是己巳（6）朔，董譜同，與銘文合曆，則某王元年是前 989 年。

經過比勘，發現史伯碩父鼎銘文所記王年曆日與本文近據若干紀年銘文所推西周諸王元年的年份皆不合。細審史伯碩父鼎銘文摹本，筆者懷疑銘文「六年八月初吉己子（巳）」，恐是「初吉乙巳（42）」的誤摹。若是，則某王六年八月是乙巳（42）朔。比勘曆表和曆譜，發現與幽王、宣王、厲王、夷王等王世六年八月的曆朔皆不合，卻與前 923 年八月的曆朔相合。前 923 年八月，張表是甲辰（41）朔，銘文八月乙巳（42）朔比張表早一日合曆，董譜正是乙巳（42）朔，完全合曆，則某王元年是前 928 年。前 928 年是筆者

近據師詢簋、散伯車父鼎和士山盤等器銘文所記曆日所推共有的懿王元年。由此可以推定史伯碩父鼎銘文所記曆日符合懿王六年（前 923 年）八月的曆朔，且銘文應該是「唯六年八月初吉乙巳」。從鼎的形制來看，其三足呈虎足形，如毛公鼎，那是西周中晚期鼎足的特點。所以，不可能如吳其昌所言爲西周初期成王時器。

2009 年 5 月甘肅合水縣何家畔鄉何家畔村西周墓出土一件伯碩父鼎，未著錄。銘文亦無拓片，僅有照片。其形制：斂口，寬平沿外折，淺腹圜底，一對附耳，三條蹄形足。頸部飾 S 形竊曲紋一周。內壁鑄銘文 62 字，其中重文 2。（《圖象集成》5-267）此伯碩父或與史伯碩父鼎中的是伯碩父是同一個人，只是任職不同而已，伯碩父鼎應略早些。曆表曆譜懿王二（前 92 年）三月皆是辛丑朔。

銘文：唯王三月初吉辛丑，白（伯）碩父作隩（奠）鼎，用道用行，用孝用亯於卿事、辟王、庶弟、元睨（兄），我用與（聿）嗣（司）蒙（蠻）戎鬼方。白碩父韹（申）姜其受萬福無彊（疆）。穖（蔑）天子六（歷），其子=孫=永寶用。

參考文獻

〔1〕葉正渤：《金文標準器銘文綜合研究》第 257～259 頁，線裝書局 2010 年。
〔2〕吳其昌：《金文曆朔疏證》，《燕京學報》第六期，第 1057 頁，1929 年。

十三年𤼈壺銘文

1976 年陝西扶風縣莊白村白家莊窖藏出土。長頸，扁腹，龍首銜環，頸飾鳳鳥紋，蓋緣和腹部飾鱗紋，蓋頂飾長冠鳳鳥，圈足飾波曲紋。蓋榫和頸外壁同銘文 56 字，共出二器，蓋器同銘，共 56 字。[1]

銘文

參考釋文

佳（唯）十又三年九月初吉戊寅，①王才（在）成周嗣（司）土（徒）
淲宮，各（格）大室，即立（位）。②徲父右（佑）癲，王乎（呼）
乍（作）冊尹冊易（錫）癲晝㡇、牙（雅）㯚（襋）、赤舃。③癲拜
頴首，對揚王休，癲其萬年永寶。

考釋

① 唯十又三年九月初吉戊寅，初吉是初一朔，干支是戊寅（15），則某王十三年
九月是戊寅朔。

② 成周，位於雒邑東北二十里。朱駿聲在其《尚書古注便讀·洛誥》下注：「所
謂成周，今洛陽東北二十里，其故城也。王城在今洛陽縣西北二十里，相距
十八里。」又在《君陳》篇下按曰：「成周，在王城近郊五十里內。天子之國，
五十里爲近郊，百里爲遠郊。今河南河南府洛陽縣東北二十里爲成周故城，
西北二十里爲王城故城。」司徒，西周職官名。淲宮，是王臣司徒淲的宮室。
淲，《說文》：「水流兒。從水，彪省聲。《詩》曰：『淲沱（池）北流。』」讀
biāo、hǔ 二音，銘文是司徒之名。司徒淲宮，司徒淲的宮室。

③ 徲，從彳屖聲，或即遲字之異體；屖（xī），《說文》：「屖遟也。從尸辛聲。」
屖遟，遊息也。徲父，人名。右，儐佑，導引。癲，人名。作冊尹，職官名，
掌宣王命之職。冊，冊封、冊命。易，讀作錫，賜也。㡇，當從衣冃聲，字
書所無，抑或是帽字之初文。《說文》：「冃，小兒蠻夷頭衣也。從冂；二，其
飾也。」以其屬於頭衣，故字從衣冃聲，後世寫作帽；晝㡇，當指一種繡有
特殊花紋的帽子。牙㯚，馬承源說，牙讀爲雅，牙雅雙聲同部字，音之假借。
雅之言雅麗，即雅美之意。㯚從人棘聲，讀爲襋，《說文·衣部》：「襋，衣領
也，從衣棘聲。」牙㯚指雅美的衣領。[2] 赤舃，古代帝王祭天時所穿的一種
鞋子，紅色，前端有向上彎曲的鈎。《詩·豳風·狼跋》：「狼跋其胡，載疐其
尾。公孫碩膚，赤舃幾幾。」毛傳：「赤舃，人君之盛屨也。」孔穎達疏：「天
官屨人，掌王之服屨，爲赤舃、黑舃。注云：『王吉服有九，舃有三等，赤舃
爲上，冕服之舃，下有白舃、黑舃』，然則赤舃是娛樂活動之最上，故云人君
之盛屨也。」從王所賜之物有帽子、衣領和鞋子來看，㡇當是帽字之初文。

王世與曆朔

或以爲共王時器，或以爲孝王時器，或以爲懿王時器。馬承源說：「據《年

表》孝王十三年為公元前九一二年，九月庚午朔，九日得戊寅，後一日。」銘文：「唯十又三年九月初吉戊寅」，初吉是初一朔，干支是戊寅（15），則某王十三年九月是戊寅朔。現在來驗證一下馬承源之說，看結果如何。

前 912 年九月，張表是庚午（7）朔，庚午距戊寅（15）含當日相差九日，顯然不合曆。馬承源採用「月相四分說」，故曰「九日得戊寅，後一日」。其實，月相詞語所表示的時日是定點的，而不是四分的，初吉只能是初一朔日，不可能包括幾天的時間。據馬承源的說法，初吉涵蓋整個上旬十日，這顯然是不對的。董譜是辛未（8）朔，距戊寅八日，亦不合曆。這種情況說明孝王十三年不是前 912 年，或本器所記曆日不是孝王十三年九月的曆朔，或兩者都不是。

但是，本器與三年癲壺，四年癲盨出土於同一窖藏，作器者都是癲，紀年也相接續，分別記三年、四年和十三年事，所以，從道理上看應該是同一個人所鑄。不過，細排干支，發現卻又互不相容。彭裕商認為四年癲盨的年代約在夷世，其餘各器年代彼此大致相同，應晚於盨，可能屬厲世。[3] 試以厲王之世曆朔比勘，看結果如何。

厲王元年是前 878 年，則厲王十三年是前 866 年，該年九月張表是甲戌（11）朔，董譜同。甲戌（11）距銘文九月初吉戊寅（15）含當日相差五日，顯然不合曆。但是，本文比勘宣王十三年九月的朔日干支，發現銘文所記曆日比厲王十三年九月的朔日干支更接近。宣王十三年是前 815 年，該年九月張表是丁未（44）朔，八月是戊寅（15）朔，董譜同。如果錯月則是丁丑（14）朔，丁丑與戊寅（15）僅一日之差，曆表遲一日合曆。當然，這僅是推測。

或說為共王、懿王、孝王、夷王時器，因以上諸王在位時間都不明確，因此難以驗證。

本文試著與目前通行的說法進行比勘，發現也不合曆。又與自己研究西周諸王年代的研究結果進行比勘，比勘的結果四年癲盨銘文的紀時與懿王四年（前 925 年）二月的曆朔相合，十三年癲壺銘文校正後與懿王十三年（前 916 年）九月的曆朔相合。具體情況如下：

四年癲盨銘文：「唯四年二月既生霸戊戌」，既生霸是初九，干支是戊戌（35），則某王四年二月是庚寅（27）朔。前 925 年二月，張表是庚寅（27）朔，與銘文完全合曆。董譜是己丑（26）朔，比銘文庚寅朔遲一日合曆，則懿王元年就是前 928 年。

十三年癲壺銘文「唯十又三年九月初吉戊寅」，初吉是初一朔，干支是戊寅（15），則某王十三年九月是戊寅朔。根據筆者所推，懿王元年是前 928 年，則懿王十三年是前 916 年。該年九月張表是甲午（31）朔，錯月是甲子（1）朔，董譜正是甲子朔，銘文戊寅（15）朔距甲子含當日相差十五日，顯然不合曆。不過，比勘的結果倒是引起筆者的懷疑，銘文月相詞語「初吉」會不會是「既望」的誤記？如果是，則十三年癲壺銘文所記曆日就符合懿王十三年九月的曆朔。銘文校正後是九月既望戊寅（15），既望是十四日，干支是戊寅（15），則九月是乙丑（2）朔。懿王十三年（前 916 年）九月，張表是甲午（31）朔，錯月是甲子（1）朔，董譜是甲子朔，銘文比曆表曆譜早一日合曆。這樣，四年癲盨和十三年癲壺銘文所記曆日都符合懿王世的曆朔，兩器屬於同一王世。可見十三年癲壺銘文「唯十又三年九月初吉戊寅」，有可能是「唯十又三年九月既望戊寅」之誤記。銘文誤記月相詞語或干支的例子不少，詳見《銘文月相詞語干支誤記例》一節。

另外，在這批銅器銘文之末不少帶有𧽼形徽號，可能是擔任作冊的徽號，進而演變爲微氏家族的族徽符號。

同窖出土的銅器銘文較長的還有商器、陵器、折器、豐器、牆器、癲器和白先父器。根據銘文內容來看，是同一個家族不同時代的器物。可參看唐蘭和裘錫圭先生的相關論文。[4]

結合史牆盤銘文的記載，簡報作者畫出了微氏家族七代人的序列，特移錄於下：

高祖——剌祖——乙祖（乙公）——亞祖祖辛（辛公，作冊折）——豐（乙公）——史牆（丁公）——微伯癲。

參考文獻

〔1〕陝西周原考古隊：《陝西扶風莊白一號西周青銅器窖藏發掘簡報》，《文物》1978年第 3 期。

〔2〕馬承源主編：《商周青銅器銘文選》，文物出版社出版 1988 年。

〔3〕彭裕商：《西周青銅器年代綜合研究》第 405 頁，巴蜀書社 2003 年。

〔4〕唐蘭：《略論西周微史家族窖藏銅器群的重要意義——陝西扶風新出牆盤銘文解釋》，裘錫圭：《史牆盤銘解釋》，《文物》1978 年第 3 期。

士山盤銘文

　　士山盤是中國歷史博物館館藏青銅器。盤橫截面爲圓形，口沿平直外侈，方唇。腹較深，圓緩內收成底。圈足較高，略呈外撇狀。腹中部接雙附耳，已殘缺。腹外壁飾對稱的 S 形顧龍紋，圈足外壁飾目紋與三角形勾雲紋。盤腹內底有銘文 97 字，其中重文 1。[1]

銘文

參考釋文

　　隹（唯）王十又六年九月即（既）生霸甲申，王才（在）周新宮。①王各大室，即立（位）。士山入門，立中廷，北鄉（向）。②王乎（呼）乍（作）冊尹冊令（命）山曰：「於入莽（葊）侯。③诰（出）逞（往、徵）郜、刑（荊）、方服。④眔大虜服，履服，六孳（子）服。⑤莽侯、郜、方賓貝、金。」⑥山拜稽首，敢對揚天子=不顯休，用作文考釐仲寶隩（奠）盤盉。⑦山其萬年永用。

考釋

① 唯王十又六年九月即（既）生霸甲申，即，當是既字之銹蝕，既生霸是初九，

干支是甲申（21），則某王十六年九月是丙子（13）朔。周，銘文單言周，指位
於雒邑西北二十里地的王城，成周在雒邑東北二十里地，宗周在豐、鎬。新宮，
在銅器銘文中，新宮之稱主要見於西周穆王、共王時期，也有說沿用至懿王、
孝王時期的。

② 士山，人名，銘文中也簡稱山。

③ 於入，入也，含有進入的意思。萴，字書所無，黃錫全讀作苪，苪侯，侯名。[2]

④ 徣，一般釋作出，或說同狜，有前往義；或據文義釋作遝。遣，是從辵的狾字，
　應讀作往；或讀作徵，用作徵，徵收。當以釋徣爲是，且與字形相合。郜、刑
　（荆）、方，都是方國名。服，當指貢賦。陳英傑釋爲采服，即文獻中常見的上
　古時期王畿以外的采地。[3]

⑤ 眾，及也、逮也。大盧、履、六蘖，也當是上述三國附近的三個小方國名。六
　蘖，蘖，或讀作子。蘖，也見於宗周鐘銘文「南或（國）反（服）蘖（子）」。
　服，也指貢賦而言。

⑥ 萴侯、郜、方，賓貝、金，賓，楊坤讀作儐，引《儀禮·覲禮》：「侯氏用束
　帛、乘馬儐使者」；「使者出，侯氏送，再拜，儐使者、諸公賜服者，束帛、
　四馬；儐大史，亦如之。」及楊樹達：「古禮，凡見使於人，主者必以物勞使
　者以爲敬，其事謂之儐」爲證。用作爲犒賞、慰問義。[4] 但與文義似不合，
　萴侯、郜、方是賓的主動者，所賓者是貝、金，則賓乃如朱鳳瀚文中所釋爲賓
　服、納貢義。[5] 儐也有陳、進義或以禮接待賓客義。

⑦ 文考釐仲，文是修飾語，有溢美之意；亡父曰考，釐仲是士山亡父名。盤盉，
　盤盉連言，可見其是成雙成對使用的。但就某一件銅器銘文而言，盤盉連言則
　屬修辭上的連類而及。隩，讀作奠，祭也，表器之用。

王世與曆朔

　　說者或根據銘文中有新宮等語詞，以爲士山盤屬於共王十六年器。目前通
行的說法以公元前 922 年爲共王元年，則共王十六年是前 907 年。銘文「唯王
十又六年九月既生霸甲申」，既生霸是初九，干支是甲申（21），則某王十六年
九月是丙子（13）朔。該年九月張表是壬寅（39）朔，董譜同，壬寅距銘文丙
子朔含當日相差二十七日，顯然不合曆。錯月是壬申（9）朔，壬申距丙子（13）
含當日相差五日，可見亦不合曆。

　　從屬王元年的前 878 年向前查檢張表，與九月丙子（13）朔相同或相近的
年份有：

前 887 年九月，張表是乙亥（12）朔，比丙子遲一日相合；董譜正是丙子（13）朔，與士山盤銘文所記曆日完全吻合，則某王元年是前 902 年。

前 913 年九月，張表是丙子（13）朔，董譜同，完全合曆，則某王元年是前 928 年。

本文近據伯呂盨、五祀衛鼎、九年衛鼎等器銘文的曆朔推得共王元年是前 948 年，共王在位二十年，至前 929 年。而士山盤銘文所記曆日不合共王十六年九月和穆王十六年九月的曆朔，卻與懿王十六年即前 913 年九月的曆朔相合。該年九月張表是丙子（13）朔，董譜同，完全合曆。懿王元年是前 928 年，至前 909 年，懿王在位二十年。

筆者以前曾定士山盤銘文所記曆日合於夷王時曆日，符合前 887 年九月的曆朔。[6] 現在看來需要予以糾正。近據若干銅器銘文推得夷王元年是前 893 年，夷王在位十五年，至前 879 年，下接厲王元年（前 878 年）。

參考文獻

〔1〕朱鳳瀚：《士山盤初釋》，《中國歷史文物》2002 年第 1 期。

〔2〕黃錫全：《士山盤銘文別議》，《中國歷史文物》2003 年第 2 期

〔3〕陳英傑《士山盤銘文再考釋》，《中國歷史文物》2004 年第 6 期。

〔4〕楊坤：《士山盤銘文正誼》，《中國歷史文物》2004 年第 6 期。

〔5〕參閱周寶宏：《西周金文詞義研究（六則)》，《古文字研究》第二十五輯第 110～114 頁，中華書局 2004 年。

〔6〕葉正渤：《金文月相紀時法研究》第 184 頁，學苑出版社 2005 年。

第七節　孝王時期

走簋銘文

走簋，舊稱徒敦。弇口鼓腹，獸首雙耳，下有方垂珥，圈足。口下飾夔紋，腹飾瓦紋，圈足飾斜角雷紋。內底鑄銘文 75 字，現存約 69 字，其中重文 2。（《圖象集成》12-39）

銘文

參考釋文

佳（唯）王十又二年三月既朢庚寅，王在周，各（格）大室，即立（位）。①嗣（司）馬丼（邢）白（伯）親右（佑）走。②王呼乍（作）冊尹冊易（賜）走，飄（攝）疋（胥）益，易（賜）女（汝）赤〔市（韍）朱黃（衡）〕旂，用考（事）。③走敢拜稽首，對揚王休，用（由）自作寶隥（奠）𣪕（簋），走其眔（暨）𣀴（厥）子=孫=萬年永寶用。④[1]

考釋

① 唯王十又二年三月既朢庚寅，既朢是十四日，干支是庚寅（27），則某王十二年三月是丁丑（14）朔。銘文單言周，指成王遷都雒邑而建的王城，成周則是在王城以東十八里。格，進也，入也。

② 司馬，職官名。丼白親，即邢伯親，親是人名。丼伯和丼叔在西周銅器銘文中擔任佑者，據統計比較多，除本器外，其他如：

師毛父𣪕：「佳六月既生霸戊戌，旦，王各於大室，師毛父即立，丼白右。內史冊命『易赤市』⋯⋯」

師奎父鼎：「佳六月既生霸庚寅，王各於大室，司馬丼白右師奎父。王乎內史駒冊令師奎父⋯⋯」

豆閉𣪕：「唯王二月既眚霸，辰才戊寅，王各於師戲大室。丼白入右豆

閉。王乎內史冊命豆閉。王曰：……」

救簋蓋：「隹二月初吉，王才師司馬宮大室，即立，丼白內右救。立中廷，北鄉，內史尹冊易救……」

師虎簋：「隹元年六月既望甲戌，王才杜应（居），格於大室，丼白內右師虎即立中廷，北向。王乎內史吳曰：『冊令虎』。王若曰：……」

七年趞曹鼎：「隹七年十月既生霸，王在周般宮。旦，王各大室，丼白入右趞曹，立中廷，北鄉。易（錫）趞曹……」

利鼎：「唯王九月丁亥，王客於般宮，丼白內右利，立中廷，北鄉。王乎乍命內史冊命利曰：……」

師痕簋蓋：「隹二月初吉戊寅，王在周師司馬宮，各大室，即立。司馬丼白親右師痕入門，立中廷。王乎內史吳冊令師痕曰：……」

以上是丼伯爲佑者或司馬丼伯諸器，陳夢家列爲共王時器。

免尊：「隹六月初吉，王在鄭。丁亥，王各大室。丼弔（叔）右免。王蔑免歷，令史懋易免……」

免簋：「隹十又二月初吉，王在周。昧爽，王各於大廟，丼弔（叔）右免即令……」

趞觶：「隹三月初吉乙卯，王在周，各大室，咸。丼弔（叔）入右趞，王乎內史冊令趞：『更乃且考服……』。趞拜稽首，揚王休，對趞蔑歷……隹王二祀。」

彔叔師察簋：「隹五月初吉甲戌，王在莠，各於大室，即立中廷，丼弔（叔）內右師察，王乎尹氏冊命：『師察，易女赤舄、攸勒，用楚彔白。』……」

以上是丼叔爲佑者諸器，陳夢家列爲懿王時器。[2]

另外，西周銅器銘文中還有沒有擔任佑者的丼叔器，如：

曶鼎：王在遠居，丼叔易曶赤金……唯王四月既生霸，辰在丁酉，丼叔在異爲口……曶吏（使）厥小子口以限訟於丼叔……。

康鼎：唯三月初吉甲戌，王在康宮，榮伯內右康……奠（鄭）丼。

「奠（鄭）丼」二字又見於鄭丼叔盨、虢和鐘，陳夢家定其爲孝王時器。陳夢家特別指出，西周金文中用作人名的丼字中間有一點，而用作刑或型（效法）的丼字，中間沒有一點，這一點很重要，它可以幫助人們判斷丼和井字的不同用法。

但是，銘文稱丼伯親的唯有本器走簋及師痕簋蓋銘文，說明丼白與丼白親還是有區別的，又有稱丼叔的，排行不同，當不是同一個人，因而很可能不屬於同一個王世。

右，儐佑，導引。走，從夭辵，應隸作走，《說文》：「趨也。」銘文中作人名，是作器者。

③ 攝，職掌、負責。疋，讀作胥，相也，輔佐之義，說明走所擔任的不是正職。益，當是人名，是走輔佐的對象。赤〔市、朱黃〕，〔鸞〕旂，有幾個字空缺，不知何故？按文例當補。用考，按文例當讀作用孝，孝，亦祭也。

④ 用，由也，表示原因。自作，自己爲自己鑄器。其，語氣詞，起著舒緩語氣的作用。眔，讀作暨，及也。乓，讀作厥，同其，表領格，作定語。

王世與曆朔

吳其昌曰：「懿王十二年（前 923 年）三月小，乙亥朔；既望十六日得庚寅。與曆譜合。按：穆王十二年三月小，甲戌朔；既望十七日得庚寅。亦合。存疑待考。」[2]吳其昌稱爲徒敦，曰：「余王則不可通矣。」下面驗證一下吳其昌之說，看是否合曆。

銘文「唯王十又二年三月既朢庚寅」，既望是十四日，干支是庚寅（27），則某王十二年三月是丁丑（14）朔。前 923 年三月，張表是戊寅（15）朔，董譜正是丁丑朔，合曆，則懿王元年是前 934 年。不過，筆者研究認爲既望是太陰月的十四日，而不是吳其昌及傳統認爲的十六日。這與目前據古本《竹書紀年》「懿王元年天再旦於鄭」的記載，以及根據天文學知識推算懿王元年是前 899 年的通行說法不合。且不能僅根據一件銘文的曆日記載就定懿王元年是前 934 年，應該據幾件銘文推得共有元年是前 934 年才行。比勘的情況說明，走簋銘文所記曆日要麼不是懿王十二年三月的曆朔，要麼懿王元年不是前 899 年。

今之學者大多以爲走簋是共王時器，現在也來驗證一下看結果如何。目前通行的說法認爲共王元年是前 922 年，則共王十二年便是前 911 年。該年三月張表是戊辰（5）朔，董譜同，戊辰（5）距銘文丁丑（14）朔含當日有十日之差，顯然不合曆。這種情況說明，要麼走簋不屬於共王時器，要麼共王元年不是前 922 年，或者兩者都不是。

或說走簋屬於屬王十二年器。屬王元年是前 878 年，屬王十二年是前 867 年。該年三月張表是癸丑（50）朔，錯月是癸未（20）朔，與銘文丁丑（14）朔含當日有七日之差，顯然也不合曆。該年三月董譜是壬午（19）朔，與丁丑

含當日有六日之差，同樣也不合曆。所以，從曆法的角度來考察走簋銘文所記曆日不符合厲王十二年三月的曆朔。

共和十二年（前 830 年）三月，張表和董譜皆是丁丑（14）朔，完全合曆。但是走簋銘文明確記「唯王十又二年三月既望庚寅，王在周，格大室，即位」，說明時王仍在周行使王權，這與史籍文獻記厲王於三十七年被流放於彘、共伯和行政的歷史事實不符。所以，即使走簋銘文所記曆日符合共和十二年三月的曆朔，但也不能認為走簋就是共和時期的器物。

本文又將走簋銘文所記曆日與宣王十二年（前 816 年）三月的曆朔進行比勘，也不合曆。

本文將走簋銘文所記曆日與共王十二年（前 937 年）三月的曆朔進行比勘，也不合曆。

本文將走簋銘文所記曆日與夷王十二年（前 882 年）三月的曆朔進行比勘，基本合曆，但與夷王時大簋蓋銘文同是十二年三月的朔日干支並不相同。大簋蓋銘文十二年三月是己卯（16）朔，走簋銘文十二年三月是丁丑（14）朔，相差二日。因為月相詞語紀時是定點的，既然朔日干支不同，那就不是同一王世。比勘曆表和曆譜，走簋銘文所記曆日符合前 897 年三月的曆朔。前 897 年三月，張表正是丁丑（14）朔，與銘文完全合曆。董譜是丙子（13）朔，比銘文丁丑朔遲一日合曆。據此推算，孝王元年就是前 908 年，至前 894 年，孝王在位十五年。

參考文獻

〔1〕馬承源《商周青銅器銘文選》第 159 頁，文物出版社，1988 年。
〔2〕吳其昌：《金文曆朔疏證》，《燕京學報》第六期，第 1047～1128 頁，1929 年。

無㝨簋銘文

無㝨簋有二件。低體寬腹，弇口，矮圈足外撇，一對獸首銜環耳，蓋的捉手作圈狀。通體飾瓦溝紋。蓋的捉手內飾卷體龍和鱗紋。器蓋同銘，各 58 字。（《圖象集成》11-310）

銘文

參考釋文

佳（唯）十又三年正月初吉壬寅，王征南尸（夷）。①王易（賜）無異馬四匹。②無異拜手頔（稽）首曰：「敢對揚天子魯休令（命）」。③無異用乍（作）朕皇且（祖）釐季隩（奠）設（簋）。④無異其萬年子孫永寶用。

考釋

① 唯十又三年正月初吉壬寅，初吉是初一朔，則某王十三年正月是壬寅（39）朔。征，本義爲遠行，引申指征討、征伐，一般指上征下或有道征無道。《孟子》曰：「征者，上伐下也，敵國不相征也。」南尸（夷），或稱南國，先秦文獻和西周銅器銘文裏一般指楚地或楚荊及其以南之人，即居住在今江漢平原及以南廣大地區之人，這些地方的人當時多未開化，所以稱爲南夷。《詩·魯頌·閟宮》：「淮夷蠻貊，及彼南夷，莫不率從，莫敢不諾。」《詩經》將淮夷蠻貊與南夷對舉，可見淮夷蠻貊與南夷是不同之地的人。《史記·周本紀》：「宣王既亡南國之師」，《集解》注引韋昭曰：「南國，江漢之間。」

② 無異，人名。異，從己其聲，當讀作其。郭沫若曰：「此與虢仲盨乃同時器，下帚從盨有內史無鯦與此無異必係一人，彼乃屬王二十五年所作。」[1] 馬四匹，四字寫作三；匹字上還有一橫，可見本銘數目字與量詞不是合書的。

③ 魯，《說文》：「鈍詞也。」魯鈍，本指人的性格憨厚淳樸。銅器銘文中「魯休」

連言，有美好的賞賜之意。命，冊命、任命。

④ 朕，無叀自稱。皇且（祖），皇，大也。釐（xǐ）季，人名，無叀的皇祖。釐季，
又見於小克鼎銘文。曰：「克作朕皇祖釐季寶宗彝」，郭沫若以爲釐季當即大克
鼎銘文中師華父之字。可見，無叀與善夫克是同宗。隩，銘文中應讀作奠，祭
也。𣪘，簋字的初文，簋是一種盛食物的器皿，常置於宗廟之中。

王世與曆朔

吳其昌曰：「康王十三年（前 1066）正月小，丙申朔。初吉七日得壬寅。
與曆譜合。余王盡不可通。按：銘中有『王征南夷』語，《太平御覽》卷五十
四引《旬陽記》云：『盧山西南有康王谷』，是康王曾南征之證也。故今本僞
《竹書紀年》一條云『康王十六年，王南巡至九江盧山』。其說或有所本，可
與此敦相參證也。」[2] 吳其昌說「初吉七日得壬寅，與曆譜合。」筆者研究
認爲，月相詞語都是定點的，各指太陰月中明確而又固定之一日。初吉指初
一朔，因此，吳說「初吉七日得壬寅」不可信從。[3] 下面對吳說進行比勘驗
證，看結果如何。

銘文「唯十又三年正月初吉壬寅」，初吉是初一朔，則某王十三年正月是
壬寅（39）朔。吳其昌說康王十三年是前 1066 年，該年正月張表是己亥（36）
朔，董譜同，與銘文壬寅（39）朔含當日相差四日，顯然不合曆。

郭沫若定爲厲王世，厲王十三年（前 866 年）正月張表是丁丑（14）朔，
董譜同，丁丑（14）距銘文壬寅（39）含當日相差二十六日，不合曆。即使
錯月丁未（44）朔，與銘文壬寅含當日相差六日，也不合曆。如果真像郭沫
若所說，無㝬與無叀是一人，且釐季又見於小克鼎銘文，那麼，無叀𣪘（十又
三年）、小克鼎（二十三年）和鬲比盨（二十五年）其時代就應該相近，抑或
屬於同一王世。但是，根據干支表排比銘文所記曆日卻不相銜接。

另外，虢仲盨銘文曰：「虢仲與王南征，伐南淮夷，在成周，作旅盨。茲
盨有十又二。」郭沫若將其置於厲王之世，並引《後漢書·東夷傳》：「厲王
無道，淮夷入寇，王命虢仲征之，不克」，曰：「本銘所紀即行將出征時事。」
但是，今本《竹書紀年》：「三年，淮夷侵洛，王命虢公長父征之，不克。」
事在厲王三年，與銘文十又三年不合。不過，在厲王十四年條下有一簡曰：「召
穆公帥師追荊蠻至於洛。」似乎征南夷又在厲王十三四年。古書竹簡錯亂，

難以理清頭緒。

　　陳夢家初定其爲昭王世，後改定爲夷王之世。夷王在位年數至今無定論，所以不太好驗證。陳夢家說克盨作於夷王十八年，約公元前 870 年左右。[4]據此上推夷王元年則是公元前 887 年，那麼夷王十三年就是公元前 875 年，張表該年正月是己亥（36）朔，己亥距銘文壬寅（39）朔含當日相差四日，也不合曆。董譜該年正月是庚子（37）朔，距壬寅含當日相差三日，近是。但是，筆者據《史記》記載推算，厲王元年是前 878 年，這已爲許多銘文曆日所證實，而前 875 年已在厲王的紀年範圍之內，故陳說不可遽信。抑或夷王在位沒有十八年。

　　目前通行的說法以前 885 年爲夷王元年，夷王在位 8 年。由於夷王在位不足 13 年，所以，按通行的說法也難以驗證。[5]

　　根據銘文記載，本年發生了一個重大事件，即周王征南夷。但據史書的零星記載，西周時期共有五次征南夷和南淮夷，第一次是周成王初期三監之亂及東夷反叛，第二次是昭王時期征楚荊，第三次是穆王西征時淮夷趁機反叛，招致穆王征淮夷，第四次是厲王時期的征淮夷，第五次是宣王時期的征南國。銘文所記曆日與厲王十三年正月的曆朔不合，那麼厲王世應被排除在外。但是，《竹書紀年》記成王東征是在成王之初、周公攝政時期。「（成王）二年，奄人、徐人及淮夷入於邶以叛。」《逸周書・作雒解》：「周公立相天子，三叔及殷東徐、奄及熊盈以略。」《竹書紀年》：「遂伐殷」；「三年，王師滅殷，殺武庚祿父。」成王東征並非銘文所記的「唯十又三年正月初吉壬寅，王征南尸（夷）。」故成王時期也應排除在外。

　　至於昭王征楚荊，古本《竹書紀年》：「周昭王十六年，伐楚荊，涉漢，遇大兕。」昭王第一次南征是在十六年，也不是十三年。昭王第二次南征楚荊據文獻記載是在十九年，《竹書紀年》：「周昭王十九年，天大曀，雉兔皆震，喪六師於漢」；「周昭王末年，夜有五色光貫紫微。其年，王南巡不返。」《左傳・僖公四年》也記曰：「昭王南征而不復」。可見，無𩵦簋銘文所記征南夷與昭王在時間上亦不合。

　　關於宣王征南國，《史記》只一筆帶過，曰：「（宣王）三十九年，戰於千畝，王師敗績於姜氏之戎」；「宣王既亡南國之師，乃料民於太原。」《集解》引韋昭曰：「敗於姜戎時所亡也。南國，江漢之間。」這是宣王三十九年事，

顯然與銘文所記十三年毫無關係。而且比勘曆表，銘文所記正月壬寅（39）朔與宣王十三年正月辛亥（48）朔相距十日，完全不合曆。

另外，筆者將無異簋銘文所記曆日與厲王十六年七月的伯克壺銘文相比勘，也不相銜接。伯克壺銘文「唯十又六年七月既生霸乙未」，既生霸是初九，干支是乙未（32），則厲王十六年七月是丁亥（24）朔。根據干支表，從無異簋銘文「十三年正月初吉壬寅」排至十六年七月是辛巳（18）朔或辛亥（48）朔，與壬寅（39）皆有一二十日之差，根本不銜接。筆者又將無異簋銘文所記曆日與宣王十八年的克盨銘文「唯十有六年九月初吉庚寅」（按：應該如吳其昌所說是「唯十又八年十又二月既望庚寅」之誤），既望是十四日，則某王十八年十二月應該是丁丑（14）朔。克鐘、克盨銘文（校正後）所記曆日符合宣王時期，但無異簋銘文所記曆日與克鐘、克盨等也不相銜接。這就是說，如果無異簋銘文所記曆日不誤的話，它既不合厲王時期，也不合宣王時期的曆朔，只能是其他王世的。（參閱《克盨銘文曆朔研究》一節）

那麼，剩下就只有穆王了。今本《竹書紀年》：「十三年春，祭公帥師從王西征，次於陽紆。」《藝文類聚》九十一引《紀年》：「穆王十三年，西征，至於青鳥之所憩。」《穆天子傳》：「天子西征，騖行至於陽紆之山，河宗柏夭先白口，天子使口父受之。」《紀年》又曰：「秋七月，西戎來賓，徐戎侵洛。」看來「徐戎侵洛」是在十三年秋。《後漢書·東夷傳》：「徐夷僭號，乃率九夷以伐宗周，西至河上。」《紀年》：「冬十月，造父御王，入於宗周。」

《竹書紀年》：「十四年，王帥楚子伐徐戎，克之。」《史記·秦本紀》：「造父以善御幸於周繆王，得赤驥、溫驪、驊騮、騄耳之駟，西巡狩，樂而忘歸。徐偃王作亂，造父為繆王御，長驅歸周，一日千里以救亂。」《趙世家》：「造父幸於周繆王，造父取驥之乘匹，與桃林盜驪、驊騮、綠耳，獻之繆王。繆王使造父御，西巡狩，見西王母，樂之忘歸。而徐偃王反，繆王日馳千里馬，攻徐偃王，大破之。」《紀年》所記穆王之伐徐戎，或即《史記》所記攻徐偃王之事。看來征南夷也許就是這一次吧，因為唯有這一次在時間上比較接近。但是，《竹書紀年》又曰：「穆王十七年，起師至九江，以黿為梁。」征南夷似乎是在穆王十七年。還有資料說穆王南征在三十七年、四十七年的，恐是訛誤，俱不可信。

　　但是，穆王元年是哪一年？至今史無定論，所以也不好進行驗證。目前通行的說法以前 976 年為穆王元年，[6] 則穆王十三年就是前 964 年，張表該年正月是丙午（43）朔，與銘文壬寅（39）朔含當日相差五日，顯然不合曆。董譜是丙子（13）朔，與銘文壬寅（39）含當日相距二十七日，亦不合曆。這個結果表明，或者穆王元年不是前 976 年，或者無曩簋銘文所記曆日不是穆王十三年正月朔日，或者兩者都不是。那麼，無曩簋銘文所記曆日和征南夷，恐怕真像吳其昌所說「余王盡不可通」了。將本篇銘文的紀時比勘曆表和曆譜，與昭王、穆王、共王、懿王、夷王、厲王及宣王十三年正月的曆朔皆不合。

　　從厲王元年的前 878 年向前查檢張表和董譜，至前 1100 年，與正月壬寅朔相合或相近有九個年份（比勘過程從略），在這些年份中只有根據前 896 年正月，張表是壬寅（39）朔，董譜是壬申（9）朔，錯月也是壬寅朔，與銘文完全合曆，進而推得某王元年是前 908 年是一個共有元年，其他年份與已知的西周諸王年曆皆相牴牾。前 908 年同時也是根據走簋、望簋銘文所記曆日推得的孝王元年。看來，無曩簋銘文所記曆日符合孝王十三年正月的曆朔，則孝王時也征過南夷。但據今本《竹書紀年》記載，孝王四五年間曾與西戎發生過戰事。孝王元年是前 908 年，至前 894 年，孝王在位十五年。

參考文獻

〔1〕郭沫若：《兩周金文辭大系圖錄考釋》第 259 頁，《郭沫若全集·考古編》卷八，科學出版社 2002 年。

〔2〕吳其昌：《金文曆朔疏證》，《燕京學報》第六期，第 1047～1128 頁，1929 年。

〔3〕葉正渤：《金文月相紀時法研究》第 71～125 頁，學苑出版社 2005 年。

〔4〕陳夢家：《西周銅器斷代》第 266 頁，中華書局 2004 年。以下凡引陳說均據此書。

〔5〕夏商周斷代工程專家組：《夏商周斷代工程 1996～2000 年階段成果概要》，《文物》2000 年第 12 期。

〔6〕同〔5〕。

望簋銘文

　　器形未見，鑄銘文 89 字，其中重文 2。（《圖象集成》12-18）

銘文

參考釋文

　　唯王十又三年六月初吉戊戌，王在周康宮新宮。①旦，王格大室，即位。宰佣父右望入門立中廷，北向。②王呼史年冊命望：「死司畢王家，賜汝赤韍、鸞，用事。」③望拜稽首，對揚天子丕顯休，用作朕皇祖伯甲父寶毀（簋）。④其萬年子$_=$孫$_=$永寶用。

考釋

① 唯王十又三年六月初吉戊戌，初吉是初一朔，干支是戊戌（35），則某王十三年六月是戊戌朔。康宮新宮，位於康宮中新建的宮室。據考證這是共王以後新建成的。據此，則本王當是共王及以後之王。

② 宰佣父，宰是西周職官名，掌王家內外事務，又在王左右參預政務。佣是人名，擔任宰之職。父是成年男子的統稱。右，即儐佑，導引者，此處用作動詞導引。望是人名，當是外臣，是本器的作器者。

③ 史年，年是人名，擔任史之職。冊命，猶言策命、冊封。死司畢王家，吳其昌曰：「死，即尸，主也；嗣畢，意猶司兵；死嗣畢王家，猶言『主干御王家』也。」猶言到死皆效忠於王家之事。王家，指西周王室。赤韍，紅色蔽飾。鸞，鸞旗，繡有鸞鳥的旗幟。用事，用於職事。

④ 伯甲父，人名，是望的皇祖。皇祖，大祖也，相當於今之太爺輩。

王世與曆朔

銘文「唯王十又三年六月初吉戊戌」，初吉是初一朔，干支是戊戌（35），則某王十三年六月是戊戌朔。吳其昌曰：「懿王十三年（前922年）六月小，戊戌朔；初吉朔日得戊戌。與曆譜合。按：昭王十三年，六月大，壬辰朔；初吉七日得戊戌。亦可通。除昭懿二王外，余王則盡不可通矣。然知其是懿王非昭王者，《世本・居篇》：『懿王二年，自鎬徙都犬丘。』宋衷注云：『懿王自鎬徙都犬邱。』《漢書・地理志》：『右扶風槐里，周曰槐里，懿王都之。』《括地志》：『犬邱故城，一名廢丘，在雍州始平縣東南十里，即周懿王所都。』……其所以遷都之故，或因犬戎侵暴所致。《漢書・匈奴傳》云：『至穆王之孫懿王時，王室遂衰，犬戎交侵，暴虐中國。』是懿王曾因犬戎交侵，棄鎬徙都，事之可稽考者也。……新宮者，新都之宮也。……死，即尸，主也；嗣畢，意猶司兵；死嗣畢王家，猶言『主幹御王家』也。蓋當是遷都以後，命望以守衛新宮之責也。」[1]下面來比勘曆表和曆譜，看結果如何。

吳其昌說本器所記曆日是懿王十三年（前922年）六月，前922年六月，張表是庚子（37）朔，董譜同，庚子據銘文戊戌（35）朔含當日相距三日，合曆。然據吳說則懿王元年是前934年，與目前通行的說法懿王元年是前899年不合。

陳夢家和唐蘭把望簋看作是共王時器。共王元年是何年，目前還不確定。目前通行的說法以前922年爲共王元年，則共王十三年就是前910年。該年六月張表是辛酉（58）朔，董譜是庚申（57）朔，據銘文戊戌（35）朔含當日相差二十三四日，根本不合曆。這個結果說明，要麼望簋所記曆日不是共王十三年六月的曆日，要麼共王元年不是前922年，或者兩者都不是。

望簋銘文所記曆日與前896年六月較爲合曆，該年六月張表是己巳（6）朔，董譜同，錯月是己亥（36）朔，比銘文六月戊戌（35）早一日合曆，據此推孝王元年是前908年。此結果與據走簋銘文、無叀簋銘文所推孝王元年相同，由此得到孝王元年就是前908年。這是一個共有元年。本器銘文所記是孝王十三年六月的曆朔。

參考文獻

〔1〕吳其昌：《金文曆朔疏證》，《燕京學報》第六期，第1047～1128頁，1929年。